立場：ヴァロイスの婚約者
ルナティエッタ・ディアブレス（ルネッタ）
年齢：17歳　身長：155cm
魔法使いの国《マジックランド》の第二王女。
無口で魔法の研究が大好き。
過去の清算をするため、一度
国に戻ることに。
婚約者の浮気現場を見ちゃったので始まりの鐘が鳴りました 2
The beginning bell rings when I witnessed my fiance cheating.
立場：王太子の婚約者
ソフィーリア・ロータス（ソフィ）
年齢：15歳　身長：160cm
我慢を重ねてきたが、王太子の浮気現場を見て限界に。
自由と幸せを求めて近衛騎士のリヴィオニスと逃避行
の旅に出る。

立場：隣国の「簒奪王」と呼ばれる王
ヴァロイス・エルサート・アスキロス（ヴァイス）
年齢：31歳　身長：170cm
口は悪いが情に厚く、面倒見がいい。
魔法使い《マジックランド》の国の王女ルネッタの婚約者であり、良き理解者。
立場：騎士
リヴィオニス・ウォーリアン（リヴィオ）
年齢：16歳　身長：190cm
狂戦士な騎士を輩出し続ける名家の長男。
家族や同僚の助力もあり、愛するソフィーリアと共に逃避行中。

婚約者の浮気現場を見ちゃったので始まりの鐘が鳴りました 2

The beginning bell rings when I witnessed my fiance cheating.

えひと

Illustration
コユコム

CONTENTS

一．スープロードをゆく

誰かが、歌っている。

あたたかくて、やわらかくて、やさしい。そんな歌を。

――子守唄って、こんな感じなのかしら。

浅い眠りに身体《からだ》を浸すソフィの心がくすぐったくなるような、この歌をもっと聞いていたい。でも、目を閉じたままでいるのも勿体《もったい》ない気がする。さあ、どうしようか？

ふわふわと波に揺れるように逡巡《しゅんじゅん》したソフィは、歌の先にある景色を諦められず、ゆっくりと目を開けた。

ぼやける視界に映るのは、あたたかい日差し。揺れるレースのカーテン。それから、窓辺で眩《まぶ》しい光を受けて佇《たたず》む、とびきり美しい人。

え？　天使？

ぱちぱち。ソフィが瞬きしても天使は消えない。ま、そらそうだ。だってこのお人、人間なんだものねえ。嘘《うそ》みたい。だけど嘘じゃない。いや、嘘だったかも？　ちょっと混乱するくらいに美しいその人は、手元から顔を上げると、ソフィを見て微笑《ほほえ》んだ。

「あ、起きましたか？」

目が潰れる！

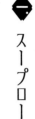

光を背負う神々しい美しさに、ソフィは思わずぎゅっと目を閉じた。慣れぬ。慣れぬぞこの美貌。天使の輪っかみたいに、きらきら光る黒髪がさらさらと揺れて、瞬きするたびにアメジストが弾ける瞳が鮮やかで、白い肌と形の良い唇は少女のように愛らしく、けれどシャツの上からでもわかる鍛え抜かれた筋肉が逞《たくま》しい。

つまりソフィは、神様の最高傑作のお歌を拝聴していたらしい。はあ？　自覚した瞬間耳が爆散しそう。幸福で。

「リヴィオ、今、歌ってましたか？」

ソフィはドキドキしながら、身体を起こす。ちら、と見上げると、リヴィオは顔を真っ赤にした。

「え！　わ、わあ！　聞かれちゃいました？　ていうか僕が起こしちゃいました？　すみません！」

「いいえ。とっても、素敵な歌でした」

天使の笛かと思いました、なんて本音は胸にとどめソフィが微笑むと、リヴィオは「うひゃあ」と素っ頓狂な声を上げた。

「すっ、わ、あ、わ、あーもう……恥ずかしいなぁ」

右手で頬を押さえて、視線を床に落とす、その！　可憐《かれん》な！　お姿と！　いったら！

「っ！」

そこ座れぇ！　と、ソフィの頭ン中で、初恋にランランスキップな浮かれ脳みそ君が歴戦の猛者の如《ごと》く叫んだ。可愛《かわい》すぎ罪！　可愛すぎ罪で極刑ですお花で飾る刑に処しますこれにて閉廷！　軍人から裁判長に職業を変えた浮かれ脳みそ君が描くのは、レースとお花で飾った大天使様のお姿だ。

つまり眠気がふっとぶ完全覚醒であった。

　ソフィは、怒濤《どとう》のように過ぎ去った時間を振り返る。

　夜会で婚約者と義妹のはっちゃけわっしょい祭りに遭遇し、逃げてやれと一念発起したところで絶世の美を誇る騎士に手を取られ、辿《たど》り着いた宿屋ではその腕の中でお昼寝。わはは、なんじゃそれ。

　頬をぴったりくっつけた胸の温度とか、間抜けな寝顔を晒《さら》していたこととか、もうなんか色々を考えると今すぐにでもその窓から飛び出したいソフィであったが、そんな奇行に走るのもまた勇気がいる。

　リヴィオの気遣いを無駄にするような考えはやめよう、とソフィがベッドから下りると、顔が赤いままのリヴィオがテーブルへ促す。

「食べませんか？　朝から何も食べていないでしょう」

　リヴィオが差し出したのはアップルパイだ。この美丈夫の真っ赤なお顔とパイになる前の林檎《りんご》じゃあ、とさてどちらが赤いかしらん、なんて意地悪を口にはせんが。リヴィオがあんまりに可愛いので、ソフィはへらりと笑って頷《うなず》いた。

「とりあえず、顔を洗ってきますね」

「はい！」

　だーから可愛すぎるんだってばもう！


　荒ぶる心を水で流してソフィが部屋に戻ると、切り分けられたアップルパイの隣に、ほこほこと温かそうなティーカップがある。驚いてリヴィオを見ると、どうぞ、と微笑まれた。いや、どうぞ、って。

　ソフィの知る男性は、自らお茶を淹《い》れたりしないし、ましてや女性のためにだなんて、城が突然まっぷたつに割れるくらいありえない。ありえないが服を着て、そらあもう美しく微笑んどる。

「……昨日の朝も思ったのですが……お茶を淹れたり食事を作ったりできるなんて……リヴィオはすごいですね」

そう零《こぼ》すと、リヴィオはきょとん、とした後に笑った。

「褒めていただけるのは大変光栄ですけど、騎士団にはそういう男が多いと思いますよ？　自分のことは自分で、が当たり前ですから。給仕をしてくれるメイドも執事もいませんしね」

リヴィオがいた騎士団の休憩室のお茶は、みんなが持ち寄ったものなのだけれど、誰が何を持ってきたのかわからなくなり、茶葉を当てるのがちょっとしたコミュニケーションなんだとか。

ソフィは、大きな身体をした騎士がティーカップ片手に首を捻《ひね》る様子を想像して、笑ってしまった。

「茶葉によって蒸らし時間とか温度も違うでしょう？　そもそも野郎共がそういう繊細なことに向いてないってのもありますが、たまにひどい味に当たるんですよ。でも誰も整理しないし、気づいたらまた増えてるんです。馬鹿しかいないんですよねえ」

そう言って笑うリヴィオが淹れたお茶は、とても美味《おい》しい。

リヴィオが用意してくれた、木漏れ日の中の朝食を思い出して、ソフィの胸がじんわりと温まる。

ほ、とソフィが息をつくと、リヴィオはゆったりと頬杖《ほおづえ》をついた。

「なんの茶葉でしょう？」

にやり、と笑うリヴィオは悪戯《いたずら》で可愛い。可愛い。ソフィは笑った。

「ダージリン」

「正解です。さすが、ゲームになんねぇな」

くすくすと楽しそうに笑って、リヴィオはティーカップを持ち上げた。

貴婦人のように美しい様《さま》はいつまで見ていたって飽きないが、それじゃ不審者だ。頑張って視線を剝がしたソフィは、自分の前に置かれたパイに、フォークを入れた。甘い物は好かぬはずが、なんだか美味しそうに見えるそれを、ぱくりと口に運んだその瞬間。

広がるシナモンと林檎の、なんて豊かな香りだろう！　スパイスが全体をきゅっと引き締める、軽やかな甘さがたまらない。一流パティシエのつくる上品で可愛いスイーツには一度も感じたことがない喜びに、ソフィはもう大感動だった。

「美味しいです！」

「ここのおかみ、料理うまいですよね。僕、三個も食べちゃいました」

それは食べすぎでは。うーんでも、ふふふって笑う顔が可愛いからいっか。それに、ついパクパク食べちゃう気持ちはわかるもんな。ソフィはこくこくと頷いた。

「ホールでもらってるんで、まだ召し上がるなら仰《おっしゃ》ってくださいね」

にこっと笑うあまぁい笑顔。でもさすがに一個で十分だとソフィは曖昧に頷いた。

「ところで」

ソフィがパイを口に運ぶのを、にこにこと見守っていたリヴィオは、ソフィのカップに二杯目のお茶を注ぎながら口を開いた。

「今ちょうど地図を見ていたんですが、この先の進路について、ソフィ様は行きたい場所とか、希望はありますか？」

行きたいとこ……。行きたいとこ。

む、とソフィが眉を寄せると、リヴィオは笑った。

「難しく考えないでください。あてのない旅も楽しいですよ。食べたいものとか、見たいものとか、そういうのを目的にするのも楽しいし」

「食べたいもの……」

それは。それは、素敵だ。とっても素敵だ！　とってもとっても良い！　なんてったって、ソフィは食の喜びに目覚めたばかりなのだ。苦手だったスイーツだってこんなに美味しく感じちゃうんだから、ソフィが驚くような食べ物体験は世界中にあるに違いない。そう、世界中に！

「あ」

「あ？」

どうしようか。ソフィは眉を寄せる。

世界っていやあ思い浮かんだものがあるんだけども。どうしてもってわけじゃない。具体的に料理の名前や国を知っているわけでもない。

わざわざ口に出すようなものかしらと、躊躇《ためら》うソフィに気づいたリヴィオが、首を傾《かし》げた。

「ソフィ様、飲み込まないで。ね？」

「っ」

ずっっっっるい。

超、ずるい。見ろ、神よ。重罪人は貴方様《あなた》です。なんてものを創造してくれたんだ有難う。ちょっと眉を寄せて首を傾げて、ソフィよりもでっかいクセに上目遣い、だぞ。はあ？　どうやってんのそれ？？　仕組みがわからん。あざとい。かわいい。ハッハン。なーるほどな。世で人気の恋愛小説のヒーローが、ヒロインに上目遣いをされるだけで恋に落ちちゃうわけだ。この引力、凄《すさ》まじく。吸引力の変わらないただ一つの美騎士。抗《あらが》えるはずなどない。ソフィにはちっとも真似《まね》できんそれを、自分よりでっかい男にされるんは解せぬが、まあいいだろう。ソフィは幸せだしな。

ソフィは、微妙に視線を逸《そ》らしながら口を開いた。見たいけど見られないあれだ察しろ。

「ひ、東の国の料理に、辛くて赤いスープがあるって、聞いて、その、ずっと気になっていたんです」

リヴィオは、ぱちん、と瞬きした。

食い意地が張っているって。そんなことのために、あんな遠いところまで行けるかって。馬鹿馬鹿しいって。

リヴィオは言わない。言うわけがない。

それでも、誰かに、感情で物を言うのは。ソフィ個人の希望を伝えるのは。どうしたって慣れないので。

ソフィの胸が、理屈を置いてぎゅう、と苦しくなった。

膝の上の手を握りそうになって、それで、

「いいですね！」

「っ」

ブルーベリーの星屑《ほしくず》が、キラキラ弾けた。

「僕もその辛いスープ気になります！　それに、僕の愛馬の名前は東のお茶からとったでしょう？　実際に飲んでみたかったんです！　ああ、楽しそうだなあ」

にこにこと、何がそんなにと泣きそうになるほどリヴィオは嬉《うれ》しそうに笑った。

キラキラ、キラキラ、溢《あふ》れ落ちていく光が、けれど、「あ、……」と、ふいに影を落とした。

言いにくそうな、不安そうな顔に、ソフィの胸がざわつく。否定の言葉を思い浮かべそうになったその時、眉を下げたリヴィオが言った。

「僕、辛いものが苦手なんで、かっこ悪いとこ見せますけど、嫌わないでくれます?」

ぱっちん。一つ瞬きしたソフィは、思わず笑い転げた。

「ありえないわ!」

さて。人生で初めての二度寝&お昼寝を体験したおかげで、ソフィの一日はあっという間に終わってしまった。昨日起きた、巨大なモンスターが街中で暴れた事件について調べるはずが、気づけば日が暮れているのだから情けない。そんなソフィを責めるどころか、気にした様子もない隣国の王、ヴァイスは、夕食の席で「調査の件だが」と切り出した。

「結論を言うと、何もなかった」

ぐい、とヴァイスがエールを呷《あお》ると、ヴァイスの婚約者である魔女、ルネッタがこくりと頷く。

「かなり範囲を広げて探ってみましたが、あの気持ち悪い魔力は感じませんでした」

「足跡とか、なんかあるだろ。そういう、居たって形跡。そういうのも、見て回ったが何もねぇんだよな」

「まるで、突然現れた、みたいな?」

リヴィオの言葉に、ああ、とヴァイスが頷いた。

「やっぱり……。街の人たちに話を聞きましたけど、誰もアレが近づいてきていることに気づかなかったらしいんですよ。ありえます？　あのデカさなのに。まるで、突然現れたみたいだった、って思えば。」

リヴィオが一体目を倒した後、すぐに二体目が出現した時も、モンスターが叫び声を上げるまで、誰もあの巨体に気づかなかった。二階建ての建物を見下ろせるくらいでっかいんだから、足音の一つや二つ、羽音の二つや三つしてもいいもんだろう。なのに、本当に突然、叫び声が聞こえたのだ。

「常識的に考えてありえねぇ。だが、目の前で起きている以上は、ありえちまう要因があんだろうよ」

「ありえないを、ありえる、に変える何か、ですか」

ソフィが呟《つぶや》くと、「例えば」と鈴が転がるような声で、ルネッタが言った。

「モンスターを閉じ込めておいて、取り出す、とか」

「できるんですか？」

モンスターを？　取り出す？　驚いたソフィが問うと、ルネッタは「多分？」と首を傾げた。

「空間をいじる系統の魔法なんじゃないかと。受け皿を広くするような類の。鞄《かばん》とか馬車を広くするあれです」

「あー、かなり高額でレアなアイテムですよね。僕も今日探してみたんですけど、やっぱりなかったです」

なんでもポイポイ放り込めちゃう魔法の鞄や魔法の馬車は、冒険者や騎士の憧れなのだという。移動するのに、荷物を減らせるのだからそれはそうだ。なんでもポポーイと放り込んで、手軽に持ち運びできちゃう。中身の広さによっては、国一つ動かせるくらいの値段の物もあるらしい。良いですよねぇ、とリヴィオが呟くと、ルネッタが「あの」と声を上げた。

「私できますよ。魔法かけてあげましょうか？」

「えっ」

「こいつの、バカ広いから便利だぞ。やってもらえよ」

一国の王であるお方の婚約者は、国一つ動かせるレベルの魔女様だった。

おっそろしいことを平然と言う二人に、リヴィオは慌てて手を振る。

「対価をお支払いできません！」

こちとら持てる最低限で逃げ出した身である。ソフィもこくこく頷く。と。

「ふうん？」

ヴァイスは、にやりと笑った。

う、うわ、わっるい顔！　人相を悪くしているその主役たる濃紺の目が、ギラリと光った気がする。

「では、モンスターはそのような魔法がかけられた鞄や馬車に入っていたということですね？」

こういう時は、話を逸らすに限る。ソフィが素知らぬ顔でルネッタの発言に話を戻すと、ヴァイスはまたニヤッと笑った。わかっているけどまあ乗ってやるか、って顔だ。うう。

ヴァイスは、エールの入ったジョッキを持ち上げた。

「それだと、かえって目立ちそうだな」

ぐい、とエールを呷るヴァイスの隣で、そうですね？　とルネッタがまた首を傾げる。ジョッキを置いたヴァイスは、リヴィオを親指で差した。

「こいつ、剣をなんかにしまってんだろ。取り出す、って感じのないスムーズな動きだったが、あいうのできねぇのか。例えば、割ったら出てくる、とか」

「それ、もはや爆弾とか砲弾じゃないですか」

「戦がひっくり返るな」

ろくでもねぇ、と眉間の皺《しわ》を深くしたヴァイスに、ルネッタはこくりと頷いた。

「おもしろいですね」

「おもしろくねぇわ」

そういう意味じゃありません、とルネッタはちょっとだけ眉を動かした。

「リヴィオさんが着けているピアスは、魔法石ですか？」

「え？　はい。自分の魔力を剣に流して、このピアスと同化できるようにしています」

リヴィオは自分の左耳に触れた。

黒い魔法石は、オニキスのように美しく、黒髪のリヴィオによく似合っている。

ちなみに。この魔法石は騎士に支給する際に希望に合わせて、ネックレスや指輪、ブレスレットと、様々な物に加工している。また、使用者の魔力や武器によってその色合いは変化したため、使いこなせた騎士には大層喜ばれた。曰《いわ》く、野郎とお揃《そろ》いのアクセサリーとか絶対嫌だ！　とのこと。

わかるようで、わからんソフィである。

ルネッタは、リヴィオの黒い魔法石を見詰めた。

「それ、普通は有機物には使いません」

「なんで」

「面倒だからです」

ルネッタは、ひょいと皿の丸パンを持ち上げた。

「有機物のその性質を変えずに魔力を流すのは、無機物以上に難しいんです。第一、収納できる数も、魔法石一つに対して一つだけですから、二つ三つしまえる鞄を買った方が早いです。お金と時間をかけて、わざわざ魔力を流して、そうまでして味が変わったパンを持ち運びたい人はいますか?」

「いるんじゃねぇの。手品師とか、非常食に隠し持っておきたい奴《やつ》とか」

「もしくは変人か悪人ですね」

ルネッタはさらりと言って、パンを小さな両手で二つに割る。ほこ、と湯気が上がると、それを皿に戻した。

「モンスターに魔法石と同化するくらい魔力を流すなんて、簡単じゃありません。でも、浄化魔法をかけたら消えてしまうくらい、モンスター自体を魔力でいじっていたなら話が変わります。対象の性質が変化しても良いのであれば、理論上、魔法石に収納することは可能です。そうまでしてモンスターを持ち運びたい人は、変人か、悪人でしょう」

「つまりは、警戒するのは巨大なモンスターってより、その変人だか悪人だかってわけだ」

ヴァイスは、早々に二つに割って手を付けずに置いていた自分のパンを、ルネッタに押しやった。

「そっち寄越せ」

ぱ、と顔を上げたルネッタは、パンがのった自分の皿を渡す。

パン交換をする二人をつい、じっと見てしまったリヴィオとソフィに、ヴァイスは眉を寄せた。

「猫舌なんだよ、こいつ」

「へぇ」

間の抜けた声はリヴィオだ。

へえ。だな。へえ。

もくもく、とパンを食べるルネッタは、湯気が上がるビーフシチューには手を付けないから、べつに猫舌ってのは嘘じゃなかろうな。猫舌、熱いのが苦手っていう、あれ。すぐ舌を火傷《やけど》しちまうんだって。

ソフィは王太子の婚約者って立場にあった頃、お屋敷や王城で食事をしていたから冷えたものを食べることが多かった。ひっろい建物内で、厨房《ちゆうぼう》から食事を運ぶのにどれくらい時間がかかるかって、あったかいパンが冷たいパンになるくらいだ。お毒見とかもありましたしね。

だからソフィは食べ物で火傷をしたことがないんだけども、城から飛び出してからこっち、出来たての料理を口にしてもなんともないので、猫舌ってやつではないんだろうな。そんなソフィに、温かい食べ物を前に思うように食事ができない苦労を知らんソフィに、かっほご～☆　とか茶化す権利はないのだ。うむ。

そっわそわするけどな。

人の恋路。楽しい。

「まあ、そんなわけで俺たちは明日には街を発《た》つが、お前らどうする。つーか、お前ら当てはあんのか」

ヴァイスの声に、ソフィがはっと顔を上げると、リヴィオが「いえ」と首を振った。

「とりあえず東の国を目指して旅しようかなって思ってます」

「東？」

なんでまた、とヴァイスは片方の眉を器用に上げた。

「東の国には、赤くて辛いスープがあるってご存じですか?」

「あ?　ああ、美味《うま》いなあれ」

「!」

ソフィが大きく目を見開くと、隣でリヴィオが「食べたことあるんですか?」と驚いた声を上げた。

「うちの城に、東の出身の奴がいるんだよ。時々、郷土料理を振る舞ってくれる」

「振る舞う、っていうか、シャオユンが厨房にいるって聞くと押しかけてるだけのような」

「それ見越して俺の分もつくってんだから、『振る舞う』でいいんだよ」

眉を上げ、不機嫌そうな顔で返すヴァイスに、ソフィは驚いた。

ソフィが一度は食べてみたいなあ、と思っているスープを食べたことがある、ということにではない。いや、それにも驚いたが、そうじゃなくて。

異国の者を登用するだけではなく、その距離のまあ近いこと!「簒奪王《さんだつおう》は欲しいと思った有能な人材を逃さない」と、ヴァロイス国王が部下の身分や種族を問わないことは有名な話であるが。ソフィがぼけっと異国のスープを夢見る間に、手ずからスープを受け取っていたとは。

「で?　そのスープを食いに行くってか」

「お笑いにならないでくださいね」

自分はどれだけ狭い場所で生きてきたのかと恥ずかしくなるソフィに、ヴァイスは「なんでだよ」と眉間の皺を深くした。

「俺の城で食っていけ、つうのは簡単だが、そういうことじゃねぇだろ。旅の理由なんて、くだらなけりゃくだらねぇほど、良いもんだ。笑われたら、笑い返すくらい楽しめよ」

　そう言って笑う顔は、とっても男前だ。じいん、としてしまうソフィを前に、ルネッタがこくんと頷いた。

「へーか、この国に来たのデッドリッパーのステーキ食べるためですもんね」

「おお、楽しみにしてんだよ俺は」

「え」

　ソフィが瞬きすると、ヴァイスは、ジョッキを持ち上げてなんでもないように言った。

「そっちはついでだ」

「……ついで」

　なるほど、とソフィは内心で頭を抱えた。

　まだソフィが「ソフィーリア」と名乗っていた時の話である。

　パーティーや夜会に招待する遠方からの客人、それも隣国の王などという要人には大抵、城に用意した部屋に数週間程度滞在してもらう。のんびりと旅の疲れを癒して、もてなして、それから夜会に出席していただくのだ。夜会の後も勿論《もちろん》、のんびりとしていただき、丁重にお送りする。

　なのに。この国王様、夜会の前日しか城に滞在していなかった。

　何か不手際があったか、我が国への不信感か、とソフィは気が気じゃなかったんだが、そうか。夜会だ国交だってのは、ついでか。ただただ城の外にしか興味がなかったんだな。

　夜会が終わった後は、ソフィは城にいなかったので知らないが、今ここでこうしているということは、早々に出発しているんだろうなこの人。

「行きは表の街道でゾロゾロ移動して、リッツドには寄れなかったからな。そのための別行動だ。

こいつの侍女とか、付き合わせるわけにいかねぇしな」

リッツド、とはこの街の隣にある、小さな街だ。

大きな街道がある場所には栄えた街が多いが、森が多いこちら側には寂れた小さな街が多い。リッツドは、そんな街の一つだ。

「えー。僕、なんかご事情がおありなのかと、つっこまなかったのに。モンスターの肉料理食べるためだけに、二人で移動してるんですか？　相変わらず頭どうかしてますね」

「ほっとけ」

国王のすることじゃない、と本人もわかってんだろうな。ヴァイスはリヴィオの随分な物言いに腹を立てることもなく、軽く手を振った。

「俺がちょっと不在にしたくらいで、どうこうなるような軟弱な国じゃねぇし、俺とルネッタを殺せる奴がいると思うか？」

「ま、いないでしょうね」

そういうことだ、とヴァイスはエールを呷り、音も立てずにジョッキを置いた。何もかもが国王らしくないのに、妙なところで品が良い。

「ルネッタも、そのお肉が気になるんですか？」

小食なのに意外だなとソフィが問いかけると、ルネッタは首を振った。

「おもしろい薬草があるかなと思って」

なるほど。魔法の使い手らしい返答にソフィは頷いた。

「ま、そんなわけだから、お前らも付き合えよ」

「え？」

ヴァイスのふいの言葉に、ソフィとリヴィオは二人揃って声を上げた。

ヴァイスは、にやりと笑う。あ、嫌な予感。

「東に行くなら、俺の国に寄っていけ。船旅もいいぜ」

ヴァイスの国は、大きな港を持っている。商船だけではなく、客船も出入りする、立派な港なのだ。素敵なご提案に聞こえるが、同時に、純粋な親切心ってわけでもなかろうな、って台詞《せりふ》である。

「……狙いは何です」

ソフィと同じことを考えたのだろう。リヴィオが窺《うかが》うように言うと、ヴァイスはにやりと笑った。

「オスニール・ウォーリアンの嫌そうな顔が見てえ」

「最悪だ。父への嫌がらせとは」

「あわよくば、お前らを城で雇いたい」

「雇用のお誘いだった」

ただただ嫌そうな顔をするリヴィオに、ヴァイスはからからと笑った。

「まあ、国までの護衛と侍女のバイトだと思えよ」

「ついさっきの会話覚えてます？　誰の護衛ですって？」

そう言うな、とヴァイスはルネッタのパンに手を伸ばした。皿の上にころん、とのっていた半分のパンを、そのままルネッタの口に運ぶ。むぐ、と呻《うめ》くルネッタに「残すな」とヴァイスは眉を寄せた。

「バイト代は、ルネッタの魔法でどうだ？」

なるほど。王の護衛とその婚約者の侍女をする対価が、魔法の鞄。

十分な報酬だ。リヴィオは、「最悪だ」と嫌そうな顔をするが、悪い話じゃない。多分この王様と性格が合わんのだろうな。いや、合いすぎるんだろうか。結局話を忘れてくれなかったのは、ソフィとて、ちと癪《しゃく》だ。大人の掌《てのひら》でころころされるんは、どうにも嫌な気分になるもんである。子どもで悪かったたな。

まだまだ未熟な己に、ソフィは笑った。

二　森のくまさん

さて、翌日。

約束通りルネッタが魔法をかけてくれた鞄は、リヴィオが調達したテントも家から持ってきていた毛布も、え？　まだ入るの？？　といっそ不安になるほどなんでも飲み込んだ。「これ抹茶《まっちゃ》も入っちゃうじゃないんですか」と笑ったリヴィオに、「ぶひん」と鼻先を突っ込んだ抹茶は、本当に吸い込まれそうになって慌てて顔を上げた。馬を吸い込む鞄ってもはやお化けじゃん。

ところで、お化け鞄のおかげで抹茶は身軽になったが、そのこととは関係なくソフィは馬に乗れない。旅の仲間となったヴァイスは当然、馬を連れている。さて、ではソフィはどうなったかというと、窮地を救ったヒーローは、なんとルネッタだった。

ソフィが、鞄を見て「すごいですね！　どうなっているんですか？」と聞いたのが始まりだった。だだだだーっと勢いよく喋《しゃべ》りだしたルネッタに、ソフィが相槌《あいづち》を打ち、また疑問を投げる。するとまた話が止まらない。「よせ、嬢ちゃんもう喋んな」とヴァイスが首を振ったが、ルネッタを無視するわけにはいかん。何より純粋にルネッタの話が楽しかったので、ソフィはルネッタに見えない角度でヴァイスに向かって手を合わせた。

さすがのルネッタも、「モンスターを退治してくれた英雄の出立だ！」と街の住人総出のお見送りにゃ《ゃ》話を止め、たおやかに手を振った。まさしく王の婚約者に相応《ふさわ》しい振る舞いであった。丈の長いワンピースは葬式かってくらい上から下まで真っ黒だが。

ところが、街を出た瞬間。「それでですね」と、ルネッタは話を再開したのだ。ヴァイスが身体を持ち上げて馬に乗せても止まらぬ。ヴァイスが後ろに乗っても止まらぬ。

ヴァイスの愛馬が、自分の上で延々と喋るルネッタに、盛大に顔をしかめた。馬なのにな。そのいやっそうな空気はあからさまで、ヴァイスが手綱を引いても動きゃしない。

「つまり、この世の全てに魔導力があると仮定して、それを操ると考えれば、できないことはないと思うんです。私たち魔女が、魔導士に比べて魔導力を操ることに長《た》けているのは、そのイメージの差ではないかと。例えば、空間という曖昧でなんだかよくわからないものと認識するのではなく、魔導力が構成する」

「駄目だこいつ止まんねぇもう歩かせるぞ」

ヴァイスがその小さな身体を地面に降ろしても、ルネッタは止まらない。生き生きと輝く瞳に、王が匙《さじ》を投げた瞬間である。

再び地面にいる自分の隣に帰ってきたルネッタに、ソフィは苦笑した。

この熱量と周りを見ない視野の狭さには感服する。エネルギー全てを魔法に注ぎ込んでいるからこそ、大きな魔法をたやすく使いこなせるのかもしれない。

「疲れりゃ黙るだろ」

まあ、婚約者に泣き止《や》まぬ赤子のような扱いをされとるがな。

だが、馬に乗れないソフィには有難い話である。有難うルネッタのノンストップトーク。ってかんじなんだけど、ヴァイスの言う通りこのままってわけじゃないだろう。いずれルネッタも、ヴァイスと馬に乗る。そうすれば、ソフィも馬に乗るしかない。乗るしかない、って言い方は抹茶に失礼であるが、馬に乗れないソフィからすりゃ死活問題なのだ。恐怖って理屈じゃねぇものな。

ルネッタの話に頷きながら、ソフィはちらりとリヴィオを見る。

ソフィの視線に気づいたリヴィオは、困ったように眉を寄せて笑った。いつまでも隠しておくわけにはいかん。とはいえ、二人してうっかり、この事実を忘れ、もんのすごい魔法がかけられた鞄を受け取っちまったわけである。ひっじょうにまずかった。

行き当たりばったりで行動したことのないソフィは、内心汗だらだら。ハァイ此方《こちら》がいろんな場所から細く流れていく珍しい滝、冷や汗滝でございまぁす、なんて。あっはっは、笑えん。笑えんぞ。どうしたもんかと悩みつつ休憩を挟みつつ、なんだかんだソフィはルネッタとの女子トークを半日ほど楽しんだ。リヴィオがお昼の準備をし始めても止まらぬルネッタに、ヴァイスは「嘘だろ」と頭を抱えたが仕方がない。女子とは古今東西、おしゃべり好きだ。

そりゃあ、かつてソフィーリアの仕事の一環であった、優雅なお茶会かっこ笑いかっことじる、に比べれば、ルネッタの話は色気も華やかさもない。何せ魔法談義。自身を「魔導士ではなく魔女だ」と言ったルネッタと、魔法初心者のソフィが語り合うのは、ドレスのデザインでもなけりゃ城内の噂話《うわさばなし》でもなく、「魔女と魔導士の魔法」についてなんだから、な。色も華もへったくれもない。でも、ソフィは心底楽しかった。

さて、そんな楽しい女子トークは、ルネッタが「あれ」と瞬きをしたことで終わった。

「……へーか、白い木がいっぱいですね」

「今気づいたのかよ」

「リッツドが近い証拠ですよ。リッツドの名前の由来は、木も葉も真っ白のこの木、リッツドツリーからきているんです」

鍋をかき混ぜる手を止めリヴィオが説明すると、ルネッタは頷いた。

お日様がニコニコ輝く、ぽっかぽかの陽気。雪など降る気配すらないのに、まるで雪景色のように、森は白い木に囲まれている。足元は当然、緑の草や茶色い地面があるから、とても不思議な景色だった。

そんな不思議な木々を眺めたルネッタは、すいと指を差した。

「へーか、あそこ」

「ああ、いるな」

「いますねぇ」

「え」

ルネッタに、ヴァイスとリヴィオがのんびり返す。なんの話だとソフィはルネッタの指先を辿った。目を凝らせば、白い木の合間で、のそ、と何かが動く。

「！」

真っ白で、大きくて、って、いやでかっ。でかすぎる！ もしやあれも巨大化したモンスターだろうかと驚いたソフィがリヴィオの顔を見ると、リヴィオは「おお」と目を見開いた。ブルーベリー色の瞳がくる、と光る。

「ヴァイス様、あれ結構デカイですよ。僕が今まで見た中でも、一、二を争うサイズですね」

「お前あれ解体できねぇの」

「できますけど、ちゃんと店で食べた方が美味いと思いますよ」

「ま、こっちに気づいてねぇし。無駄な戦闘はやめとくか」

腹減ったしな、と顎髭《あごひげ》を撫《な》でるヴァイスに、リヴィオはスープを入れた器を渡すので、ソフィはずっこけそうになる。食事の準備のためにグローブを外したリヴィオの手は細くて長くて綺麗《きれい》で器を持つだけでセクシー、ってんなこたどうでもいいのだ。

「ウォオオ」とそっぽ向いて雄叫びを上げるモンスターはたしかに、こちらに気づいていないようだけれど。

でも、でもモンスターだぞ？　木を見下ろすくらい巨大なモンスターだぞ？　あれを横目に？今から食事？　ていうかあれを食べたいの？

とんでもない二人に嘘でしょとソフィが隣を見ると、いつの間にやら立ち上がっていたルネッタと、バッチリ目が合った。

「ソフィ」

「えっ」

一夜を共に過ごしたルネッタとソフィは、名前で呼び合う仲になった。ルネッタは敬語が癖だというし、ソフィだってお互い立場があっての初対面《はったいめん》だったもんで敬語が抜けず、妙にかたっくるしい会話であったが、ソフィ、とルネッタに気安く呼ばれるのを、ソフィは気に入っている。

だから名前を呼ばれて驚いたわけではない。

ソフィが驚いたのは、ルネッタに手を引かれたことだ。

まって。何。何をする気だルネッタちゃん。真っ黒の瞳は、多分、輝いている。嫌な予感しかしない。

「怪我してます」

「え」

立ち上がったソフィは、もう一度白い大きな熊を見る。たしかに、太い幹一〇本分くらいの足が真っ赤に染まっていた。

「あのサイズに手を出すアホはいねぇだろうから、仲間同士の争いか？」

「よく見ると、デッドリッパーとは少し違うようですし……縄張り争いですかね」

男二人は、相変わらず呑気《のんき》にしている。あれくらい何かある前に対処できる、という余裕なのか、ルネッタがいれば大丈夫、という信頼なのか。戦う術《すべ》を持たないソフィは、意外にもしっかりした力でルネッタに握られる自分の右手の行方《ゆくえ》が心配でならない。

「治療しましょう」

ほらあああああああ。だっから嫌な予感がするって言ったじゃん。無茶苦茶言い出したよこの天才魔女様。ソフィはとりあえず笑っとく。にこ。

「……ルネッタが？」

「ソフィが」

念のために聞いてみたソフィに、ルネッタはふるふると首を振った。黒髪がふわりと揺れて可愛いんだが、言っとることがちっとも可愛くない。行きずりのモンスターの怪我を治してやろうだなんて物語のヒロインのよう、とロマンス小説が好きな女子がいれば感動したかもしれんが、ソフィは知っている。ルネッタのこれは、熊さんかわいそう、とかそういう可愛いのじゃない。

「ソフィなら回復魔法も使えると思います。やってみましょう」

マッドサイエンティストのそれだ。ピュアな好奇心。一番怖いやつ。

でも時代を動かすのも、成長が早いのも、こういう人。そんでソフィは、自分を変えたい。

ちょっと頑張ったくらいで、長い年月をかけて自分を鍛え抜いている最強パーティーでソフィが役に立つことなんざないだろう。並べると思うだけ失礼だ。

でも、リヴィオの陰に隠れて、プルプル震えるだけの自分は、嫌なのだ。

「お、教えてくださるんですよね」

「はい」

ルネッタがこくりと頷いたので、ソフィはちょっと安心した。

「人に教えるの苦手ですけど」

全然安心できんやつだった。

「ソフィ様」

柔らかい声に振り返ると、心配そうに、でも真っ直《す》ぐな瞳でこちらを見るリヴィオが、「大丈夫」と頷いた。

本当は間に入りたい。でも、ソフィが望むなら邪魔をしたくない、そんな顔。

「大丈夫。ソフィ様に、傷一つ付けないとお約束します」

ぱあ、と青い光がリヴィオを包み、巨大な剣が現れる。

それにソフィは微笑んだ。

うん。じゃあ、大丈夫。

リヴィオの大丈夫があれば、ソフィは何も怖くないんだ。

ソフィは、大きなモンスターに向き合った。ソフィの手を離したルネッタが、隣で名を呼ぶ。

「ソフィ。まずは、防御魔法を展開してください。詠唱はせずに。杖も、ソフィならいらないでしょう」

「……はい」

詠唱ってのは、魔法を使う上で重要な行為だ。

言葉自体に魔力が宿り、魔法の威力が底上げされるし、何より魔力をコントロールしやすくなる。従って、詠唱をしない魔導士はまずいない。しないよりやった方が良いなら、誰でもやるだろ。まあ、途中で違う魔法に切り替えられないとか、時間のロスとか、詠唱の間無防備になっちまうとか、欠点がないわけじゃないが、まず魔法を安定して使うことが大事なわけで。結局、誰もが詠唱をする。

まあね。誰でも、に当てはまらない人がたまにいるんだけども。その当てはまらない人に当然のように無茶苦茶を言われ、それでもソフィは頷いた。

教えを乞う立場はまずはやってみるべき、というのがソフィの考えなので。相手の意図や仕組みを理解して、質問はそれから。提案なんてのはもっと先だ、とそうやってソフィは一五年を生きてきた。こんなにも異論を唱えたくなったことはないが。異議あり！　なあんてね。冗談だ。笑うもんか。

ソフィは、体内で魔力を練る。

「防御魔法を完結してはいけません。魔力を練って、探って、手繰って……そこで止めて。そう、目の前にいるモンスターの魔力、それを構成する魔導力を……よく視《み》て。欠けている、損傷している、千切れたような魔導力があるでしょう」

ルネッタの淡々とした言葉を頼りに、ソフィはひたすら集中する。

身体中の血管が開いて濁流のように流れている気がした。は、と息が漏れ汗が落ちる。

身体がざわざわして、沸騰しそう。なのに、頭の中は静かだ。さしもの浮かれ脳みそ君もフル活動。

ざわ、と歪《いびつ》な、ぼろぼろになった何かを、ソフィは知覚した。

「見つけましたね。それです。では、元の姿を観察してください。他との違いはなんですか？」

ぼろぼろで傷ついた、そう、千切れそうな何かの側《そば》には、必死にそれを繋《つな》ぎ止めようとする何かがある。元は一緒だったものだ。そうだ、これらと、それは一緒だった。手を繋いで、一緒にこの大きな力を、身体を構成していた。丸くて、キラキラしていて、なんだか暖かくなるような、神聖さすら感じる、これが、この大きな彼をつくりあげる、魔導力。

「仕上げです。形を同じに戻しましょう」

千切れそうなこれが、肉体的な損傷でもある。これを戻せば、傷も治る。ソフィにもルネッタの言わんとするところがわかった。だが、肝心の方法がわからん。

「ど、どうやって……？」

は、と息を吐きながらソフィが問うと、ルネッタの声はやっぱり淡々と言った。

「お好きなように」

嘘だろ。必死に頑張る脳みそ君二代目が、ひっくり返った気がしたソフィである。ずっこおんって。

「ソフィ、魔法は想像。イメージです。貴女なら、傷ついてボロボロで千切れそうなものを、どうやって修繕しますか」

修繕。

繕い物だろうか。困ったな、ソフィは刺しゅうが嫌いだ。あれは、やれと言われて小難しい図案を必死で刺した苦痛の時間だもの。ソフィの腕前といったら、真っ青になった先生が手で口を押さえる前衛的なハンカチをこさえるほどだった。先生の口から何が生まれそうになったのか、ソフィは終《つい》ぞ知らんが、先生が顔色良く頷くためには人の何倍も時間をかけねばならんかった。だもんで、繕うという言葉は、治癒、癒し、回復、そういった言葉にはどうも結びつかん。ろくでもないものが混ざりそうで、ソフィは必死に考えを巡らせる。

傷ついて、ボロボロで、千切れそうで、立ち上がれない、どこにも行けない、それは、それは、まるで自分《ソフィーリア》ではないか。

ソフィは笑った。

なあんだ。それなら簡単だ。任せろ。ソフィは目を閉じる。

あの夜。自分は我慢する必要なんてない。それに気づいたソフィーリアは、いつものように一人で立ち上がろうとした。本当はもう、どこに行けばいいのかわからなかったけれど、どこかへ行きたくて、一人で立ち上がろうとした。

身体が重かったけれど、全部放り出した自分にはもうなんの価値もないと怖かったけれど、一人で立ち上がったのだ。

だってそれが当たり前だと思っていた。

だって、世界はそういうものだった。

でもね、違うんだよ。一人が当たり前だなんて、思わなくていい。欲しいものは、欲しいって手を伸ばしていい。ほら、やさしい歌が聞こえる。

それは光。それは歓《よろこ》び。それは祝福。それは、あは。そう、恋の色！

カ、とソフィの魔力が騒いだ。
わあああって、湧いて、跳ねて、踊って、飛び出して、目の前のボロボロの魔導力を、ソフィはぎゅうって抱きしめる。

抱きしめた光の粒は、キラキラの白い光の一部になるように、溶け合った。

そう、寂しかったのね。怖かったのね。いいよ、あげる。

ソフィは白いキラキラに頷いた。

大丈夫よ、だってわたくしはそれをもう、たくさん持っているもの。

誰かを好きだって、思う心。誰かに、大切にしてもらえる心。

――それは、ソフィがもう一度生まれた夜の光。

微笑むソフィの身体から、魔力が抜けていく。

すると、白い光は一層強くなった。大きくひしゃげて穴が開きそうだった場所は、どこにもない。元の姿を取り戻した――傷を治せたことを確認したソフィは、ほっとして目を開ける。

伸ばしていた両手が重い。のろのろと両手を下ろすと、ルネッタの髪と目が、赤から元の黒い色に戻った。万一のことがないように、周囲に防御魔法を張ってくれていたのだろう。ソフィの邪魔をしないように、ごく微量で。けれど、何かがあればすぐに膨れ上がるように。それがとんでもない離れ業なんだってことを、ソフィは身に染みて理解した。

「傷を治すだけで、こんなに大変なのに……そんな精細な操作ができるなんて……ルネッタは本当にすごいのね……」

ソフィが、ふう、と汗を拭いながら言うと、ルネッタは首を振った。

「他人の治療は、魔力が反発することもあるから難しいんですよ。彼の場合は、特に。ソフィ、上手でした」

「……ルネッタが良い先生だからです」

頑張った生徒はきちんと褒めてくれるんだから、なんて立派な先生だろう。ちっと力業が過ぎるというか、無茶苦茶だけど。でも、とてつもない達成感だ。

ソフィは、傷も血の汚れも消えた、真っ白の毛並みの大きな足を見て笑った。こんなに良い気分になるのは、いつぶりだろうか。嬉しいなあ、とくふくふ笑うソフィの肩に、ぽん、と温かい手が触れる。

「お疲れ様です」

にこ、とソフィを見下ろす、世界で一番綺麗な顔。ソフィは、リヴィオがそうやって笑ってくれるならなんだってできるのだと、嬉しくなった。

「はい！」

「つか、」

ソフィが力いっぱい笑い返すと、リヴィオが呻く。

はて。ソフィが首を傾げると、いえ何でも……と、リヴィオは大剣をしまった。剣をしまうということは、危険はないのだろうと、ソフィは大きな白い身体を見上げようとして、バランスを崩す。

それに気づいたリヴィオは、すかさずソフィの肩を支えた。

「座りましょう」

「はい……」

そのままリヴィオに手を貸してもらい、ソフィは腰を下ろす。ルネッタがハンカチを渡してくれたので、礼を言って受け取った。すごいな、ハンカチも黒い。

ソフィが汗を拭い、ふうと再びその巨体を見上げると、『ぬし』と声が響いた。低くて、渋くて、落ち着いたダンディーな、とんでもない美声。

「えっ」

「え?」

驚いたソフィが声を上げると、リヴィオがソフィを見る。

「ソフィ様?」

「聞こえました?」

「……何がでしょう?」

ソフィが身体を預けているので、大きな身体を曲げて顔を寄せるリヴィオが、近い。ご尊顔が、近い。ちっとも見慣れないソフィの脳内で、浮かれ脳みそ君がよっこいしょと腰を上げる。いい、いいからじっとしてろ。

謎の声に慌てたソフィが、側に膝をついているルネッタを見ると、ルネッタはこくりと頷いた。

「私にも聞こえませんが、恐らく、彼の声かと」

そして、ぐいと見上げる。

首が折れるんじゃないか、というくらいにルネッタが見上げねばならんほど大きな彼は、『その魔女は勘が良いな』と笑った。空気がざわざわと震えるような、少し反響した声は楽しそうだ。

『礼を言う。ぬし、名はなんと申す』

名を問われたソフィは、さてと考える。

うかつに名乗ってはいかんだろう。人であろうが人でなかろうが、個人情報は秘匿するに限る。

「わたくしたちは、あなたが何かもわかりません。失礼ですけれど、そのような方に名乗れませんわ」

モンスターではなさそうだ、というのはソフィにもわかった。

キラキラと白く温かい、神々しさすら感じる魔導力は、何か高位の生き物だろう。ルネッタも、それに気づいている。ならば尚更、簡単に名乗るわけにはいくまい。

名は魂だ。

誰よりも何よりも、自分の一番側にあり、自分自身を確定するモノ。力のあるものに明け渡すわけにはいかんとソフィが見上げると、それはくっくと笑った。

『阿呆《あほう》ではないな』

失礼な奴だった。

『では、ぬしが名付けよ。ぬしの、こっ恥ずかしくなるような、微笑ましい、温かい魔力が気に入った。私の主《あるじ》に認めよう』

「は……？」

主？　ぽかん、とソフィは口を開ける。なんか失礼なことも言われた気がするぞ。

ルネッタは、黒い目をくるん、とさせてソフィに「なんて言ってますか」と問うた。

「わたくしを、主に、したいって」

「良いですね。名前はなんにしましょうか。毛玉？」

え、これ受け入れて大丈夫なやつ？　ていうかセンスどこに捨ててきたんだ。いっそその無表情が怖い。

『……その魔女の意見は聞くな』

「えーっと」

「ルネッタ様、本当に大丈夫なんですか？」

心配そうなリヴィオの声に、ルネッタはこくんと頷いた。

「さっきまでと違い、今はとても綺麗で澄んだ魔力が流れています。神気《しんき》、とでも言えばいいんでしょうか。今まで実際に会ったことがなかったので何とも言えませんが、精霊や神と言われるものなのではないでしょうか」

ルネッタがそう言うと、声は楽しそうに笑い、ぽん！　と弾《はじ》けるように光った。思わず目を閉じた、その次の瞬間。

ソフィの目の前に、青い目の白熊が四本足で立っていた。ふっわふわで、もっふもふな、白い熊。見上げるほどのサイズではなくなったが、抹茶が頼りなく見えるような大きな熊は、再び、ぽん！　と光る。

「！」

すると、次は真っ白の狼《おおかみ》の姿になった。流れる毛並みが美しく、鋭い青い目に知性を湛《たた》えている。

ソフィが驚いて目を見開くと、それはまた、ぽん！　と光り、今度は真っ白の大きな兎《うさぎ》になった。

赤いおめめの兎ちゃん、ならぬ青い目の兎さんだ。

『そこな魔女の言う通り、私は神の席にある者。光を司る、初めの神の縁《えん》ある者よ。どうだ、この姿の私は愛らしかろう？』

　ふふん、と可愛い兎さんの姿で、しっぶい良い声で言われて、ソフィはあんぐりと口を開けてしまう。なんて言ったこの兎、今。神。神様だって。え、神様って実在するの。まあ、するんだろうな。だってご本人がそう言ってる。ルネッタも言ってる。え、神様って人が主になれるの。うーん、まあ、なれるんだろうな。だってご本人がそう言ってる。下剋上《げこくじょう》？　下剋上なのか？

「熊さんがいいです」

『む』

　混乱を極めるソフィの口から出てきた言葉は、どうでもいいものだった。自分でびっくりソフィちゃん。

「じゃなくて、えっと」

　ぽん！　と光って熊に姿を変えた白い神様は、うん？　と首を傾げた。やだ、かわいい。もっふもふが首を傾げとんだ。可愛いぞ、これ。

「まあ、いっか」

「いいんですか」

　背中を包むリヴィオの声に、ソフィは頷いた。

　いいんだ。ルネッタが良いと言っとるし。それに熊さん可愛いし。自由に生きると決めたソフィは、己の感性を大事にすることにしたのだ。だって、考えて考えて石橋を叩《たた》いて渡った先は、いつだって冷たい灰色だった。

　そして、ソフィと賑《にぎ》やかな世界へ逃げてくれた騎士は、この世で一番綺麗で可愛い。可愛いは最強。

「じゃあ名前は、牛乳とかどうですか？」

「えーっと」

ネーミングについては、お黙りいただければと思いますが。

「……えっと、貴方の名前は……」

「ちょっと待った」

ソフィが口を開くと、低い声が後ろからそれを止めた。

はたと、リヴィオの身体を越えてソフィが振り返ると、いつも通り眉間に皺を入れたヴァイスがいる。

「俺は神に祈ったこともなけりゃ、魔法についてよく知りもしないからな。馬鹿がと笑ってくれていいんだが、神と主従関係を結ぶなんざ、俺には荒唐無稽に思える。うちの魔女が有り得ると言うならそれを疑わねえが、嬢ちゃんが契約をすることで不利益を被《こうむ》ることは本当にないんだな」

不遜で無礼。不躾《ぶしつけ》極まりないヴァイスのその言葉に、ソフィは感動した。だって、詳しくはないから、と言いつつも、目の前の存在が、人の範疇《はんちゅう》を超える大きな力であることはわかるはずだ。なのに、臆することなく、ソフィのために問うているのだ。

そんなのは、まるで、子供を守る大人のようではないか。

ソフィの心が、そわっと揺れる。そわそわと、優しい何かが、心を撫でていく。

いやあだって、ね。自分より知識も経験もある大人たちに立ち向かったり、或《ある》いは並ぼうと背伸びしたり、そういうことが当たり前だったソフィは、大人に庇《かば》われるなんて、慣れていないんだ。だから、こう、胸が、そわそわする。断じて、恋だトキメキだとかではないが、なんだ。こう、そわそわするんだって。にゅみょう、とソフィは思わず変な声を漏らしながら胸を押さえる。

『なんと無礼な、と捻り潰しても良いが』

響いた声に驚いたソフィが見上げると、青い目の大きな熊さんはくっくと良い声で笑った。

『ぬしは、今喜んでいるようだからなあ。こいつは何だ？　ぬしの兄か？　引率の教師か？』

引率の教師！

なんとまあ、言い得て妙な。ソフィは思わず笑っちまった。

一番後ろに座って、鍋をかき混ぜながら、一〇代のガキがああだこうだとやっとんのを見守ってくれて。他人事なのに、神相手に物申してくれる人。彼に何かあれば国に影響が及ぶのだから、見る人が見れば、なんと浅慮だと断じてしまうだろうが、ここまでの様子を見た、ギリギリのラインで動いているはずだ。

それはまさしく王であり、引率の先生だった。

せんせーい、ソフィちゃんが神様拾ってまーす！　何？　ちゃんと面倒見られるのか？　ってそれじゃ孤児院の先生だな。お生憎様、かの国で養ってもらう予定はないのでそれは却下にしておこう。

「兄でも先生でもありませんが、尊敬する大人です」

「……なんの話だ」

ふふ、とソフィが笑うと、熊さんは『そうか』とやっぱり楽しそうに笑った。

『私はな、ぬしに救われたのだ。その礼に、私の力を貸してやろうというだけだ。退屈な悠久を生きる私にとって、人の子の一生などほんの瞬きよ』

「……つまり暇潰しですか」

『そうとも言うな』

はっは、と声を上げて笑う熊さんから、ソフィは後ろの先生、じゃなくてヴァイスを振り返った。

「助けたお礼に、暇潰しで力を貸してくれるそうです」

「それに嘘がないってんなら、好きにしろ」

ソフィが再度見上げると、森の熊さんはこくりと頷いた。

『私たちにとって約束は鎖であり絆《きずな》だ。違《たが》えぬと誓おう』

熊さんの言うことにゃ、助けられた礼に旅についていくのだと。そんなうまい話があるか、と心配してくれる大人は正しいし、城を飛び出す前の、「ソフィーリア」なら頷かなかっただろう。

でも、ソフィはもう、頭の中でうじうじ考えて諦めて、遠くから眺めるだけ、なんてのはやめたのだ。ルネッタを信じて、自分が見た光を信じる。

ソフィは、青い目を見詰めた。

「貴方の名前は、アズウェロ、でどうかしら」

『ほう』

「魔導士の古い言葉で、青き者、ですね」

ルネッタの言葉に、ソフィは「そう」と笑った。

ぶっちゃけて言えば、ソフィは青い色が、多分、あんまり好きじゃない。トラウマ、ってのは言いすぎかね。

青は、元婚約様の目のお色なもんで。

ソフィーリア個人としちゃ、べっつにあの王子様の目が青かろうがドブ色だろうが、どうでもいいんだけれど、婚約者という肩書がある以上、公の場では青を身に着けることが、ソフィーリアに求められた。青いピアスだとか、青いネックレスだとか。じゃあ向こうは、ソフィーリアの髪や目の色のアクセサリーとかブローチを身に着けるのか、と言えばそうではないのだから、まあけったくそ悪い話だが、仕方がない。ソフィーリアには、逆らう度胸も立場もなかった。

おかげさまで、奔放な婚約者に従順なレディが出来上がったわけなので不愉快通り越していっそ愉快である。さぞ噂話に花が咲いたことだろう。花どころか実を付けてなんか生まれてそうだ。ふん？　で、また種が落ちて木が育ち花が咲くってか。噂話ってのは命の循環みたいだな。わお、壮大。ちっともおもしろくない。

青は、そんな惨めで情けないソフィーリアの象徴だ。

「わたくし、多分、ずっと青が忌々《いまいま》しかったんです」

ずっと、あの色から逃げたかった。

本当はずっと、青いピアスもネックレスも髪飾りもブレスレットもソフィーリアは投げ捨てたかった。

『え』と低い声で固まる熊さんに、ソフィは笑った。

「だから、青を好きになりたいんです。わたくし、今、新しい人生を生きているところなの。手伝っていただけませんか」

その青は、とても優しく、強く、遠い空のように美しかった。

ソフィが知る、人を遥か上から見下ろしてねめつけて嘲笑う、嫌味な青とは似ても似つかない。或いは、静かな水面のように何も読ませない、恐ろしい青とも違う。

きっとこの世の全ての青はここから生まれたのだ、なんて。そんな美しい青は、ゆったりと細められた。

『主、そなたの名を知りたい』

「――ソフィよ。ただのソフィ」

『ただのソフィ』

ふ、と柔らかく笑ったその瞬間、ぱあ、と熊さん、アズウェロが光って、ソフィの胸元も小さな星が宿るように、白く、温かく輝いた。

身体を包み込むような穏やかなそれは、次第に小さくなり、消えていく。

けれど、ソフィは胸に、魂に、強い光が宿ったことを感じた。なんだか、無敵の気分。力が漲《みなぎ》るようだった。

「ただのソフィ。今日、今この時より、青き者の主ソフィとして誇るがよい」

「あ」

アズウェロが笑うと、ルネッタとリヴィオが胸を押さえた。振り返ると、ヴァイスも嫌そうな顔をしている。

「サービスだ」

「なんか、あったかいですね?」

「主の側にいる連中と話ができぬのも都合が悪かろう。加護を授けてやった」

気が利くだろう、と二本足で立って胸を張るアズウェロ。でかい。でかい熊の仁王立ちは、すごい迫力だ。しかしこう、謎の可愛げがある。もこもこって可愛いな。

「これ、守護系統の魔法が底上げされますね。へーか、ちょっと思いっきり殴ってみてくれませんか」

「やだよ」

「じゃあリヴィオさん、へーかのこと思いっきり殴ってみてくれませんか」

「やですよ！」

防御魔法かけるのに？　と心底不思議そうなルネッタは、魔法を試したくて、うずうずしているらしい。気持ちはわからんでもないが、小さな女の子に殴りかかれとか、アルバイト中の護衛に王を殴れとか、まあ、無茶である。淡々と無表情で言うから違和感がすごい。

「あの、そんなにすごい特典があるなら、ルネッタの方が貴方の力を使いこなせると思うのですが……。そもそも、貴方の怪我を治そうと、魔法を教えてくれたのはルネッタですし……」

今更であるが、とソフィが仁王立ちのもこもこを見上げると、アズウェロはとん、と二本の足を静かに下ろした。でっかいわりに、繊細な動きをしてくれたので振動はない。ふわ、とそよ風が吹いて、もふっってなんか可愛い音がした。え、嘘だろどっから鳴ってんだ。

「私が気に入ったのは、主の魔力だ。何より、魔女は好かぬ。神を神と思わぬ連中ばかりだ」

「私も神様は好きじゃないんで大丈夫です」

お互いぴしゃりと言う様《さま》に、ふっかい溝が見えた。

すわ一触即発か！　とドキリとしたソフィであったが「まあ、ぬしの馬鹿正直な物言いは悪くない」「私も貴方のもふもふは悪くないです」と大人な対応で二人は頷き合った。いや、大人か？　うん、大人だろ。こいつ合わねぇな～と思いつつも、歩み寄ろうとしてんだから大人だ。たとえ、握手する足元でびっみょうに砂かけ合ってようが、見えんとこでやろうという姿勢があるなら多分、大人なのだ。多分。

「ソフィ様、落ち着かれたようでしたら、食事にしませんか？」

ま、本当の大人はこういう時に、にこやかに空気を変えてくれる人だとソフィは思うんだけど。

ふわ、と微笑みかけてくれるリヴィオに、ソフィも笑い返した。

「はい、お腹空きました」

「そりゃよかった。俺の手がバターになるところだったぜ」

シニカルに笑うヴァイスに、リヴィオとソフィが礼を言いながら笑うと、ルネッタが首を傾げた。

「人がバターになるんですか」

「なるか」

「へーかが言いました」

「例えだよ」

納得いかないご様子のルネッタは、ソフィの記憶が正しければ、昨年、一六歳でヴァイスと婚約を結んだはずだ。つまり、今は一七歳。ソフィの二つ年上のはずなのだけれど。

夜会で挨拶をしたソフィーリアのルネッタへの印象は、物静かなご令嬢、というものだったのだが、こうしてリラックスした姿を見ると、ルネッタのその仕草は、やや幼い。可愛いなあとソフィがほっこりしていると、「主」と低い声に呼ばれた。

大きな身体を見上げると、青い目がキラキラと輝いている。こういうの、ソフィは見覚えがある。

「それは何だ」

「キノコと豚肉のスープです。まあ、ごった煮とも言いますね」

リヴィオが答えると、アズヴェロは「ほう」と頷いた。

「人の食事には興味があったのだ。私にもくれ」

「えっと」

聖職者ってお肉食べないんじゃなかったっけ。供物も肉はタブーではありませんでした？

「お肉食べていいんですか」

「なぜ悪い」

「え」

逆に聞かれた。なぜって。いやでもたしかに、先ほどアズヴェロはヴァイスを「捻り潰す」ところだったので、少なくとも殺生がタブーというわけではなさそうだ。

「私は豚でも馬でもない。人の理《ことわり》なぞ知らぬし、生き物の生き死になぞどうでも良い」

なるほど。

神様と聞けば、人は勝手に、慈悲深き全てを救うもの、とばかりに祈って願って助けを乞うけれど、それを「知るか」と一蹴してしまう、唯我独尊を体現なさる神様も、いるんだろう。居て悪いこたない。まあ世界は広いものな。そんなこともある。ソフィなんか、ついさっきまで回復魔法を必死で習っていたのに、今や神様の主だ。何が起こるか、どんな出会いがあるかわからん。

──そもそも、この世界には、無数の神様がいる。

世界の大半の子どもは、創造主は三人の神だと、その神に連なるものが自然に宿っているのだ、と教えられるのだ。だが、それは違うと独自の宗教を持つ地域もある。つまり、神様の在り様も千差万別。十人十色、ならぬ十神十色なんだろうね。

だから、救いをもたらす有難い神様がいても、肉の入ったスープを所望する神様がいてもいいのだ。

「でもアズウェロが食べたら、なくなっちゃいます……」

自分たちの分け前があるなら、だけれど。

この巨体を満たす食費って如何ほどでしょう???

国家予算に匹敵するのでは、とソフィが見上げると、アズウェロは「ふむ」と頷いて、それから
ぽん！　と例の光を放った。

「！」

すると、なんと、まあ、可愛らしいこと！

ソフィが両手で抱えられるほどの子ネコちゃんサイズの！　熊ちゃんが現れた！　スープを食べたそうにこちらを見ている!!!

あげますか？

サーイエッサー！

「アズウェロ！　貴方、天才ね！」

「神だが」

思わず両手を伸ばすと、とん、とジャンプしたアズウェロはソフィの膝に座った。もすん、とふわふの毛の感触といったら！

「紫の。私にもそのスープをくれ」

「はいはい。食欲旺盛な神様だなあ」

あはは、と笑うリヴィオと、お膝でもふもふのアズウェロ。ソフィはここが天国だろうかと、一

瞬気が遠のいた。神様いるし。天使もいるし。

「そういえば」

顔に出さぬよう努めながら至福を噛《か》みしめていたソフィは、アズウェロを見下ろした。

「紫の。主が魔法を使った時の光は、ぬしの目の色に似ていたな」

「え」

え？

「……なんの話でしょうか」

こみ上げる何かを押し下げて、ソフィが問うとアズウェロがもふん、とソフィの顔を見上げた。

「主が私の足を治療した時だ。青みがかった、紫の光が美しかったぞ」

ふ、ううぅん？？

見上げてくるアズウェロは可愛い。オッケー。それは良い。大変良い。だがしかし、これは、これ以上続けられると、ひっじょうに良くない話ではなかろうか。ソフィのメンタル的に。

「じ、自分で、見えなかったから……」

「ああ、目を閉じておったな」

そうそう。だからまさか、そんな恥ずかしいことになっているとソフィは思わなんだ。じわじわと体温が上がっている気がする。

「そういえば、あの時ソフィは、損傷した魔導力の修復のためにどんなイメージをしたんですか？」

「えっ、ええっと」

広げないで！　この話を広げないで！

くるん、と純粋な魔法への興味に彩られたルネッタの瞳で見られて、ソフィは顔から火が出そうだった。火の魔法が使えなくて良かったね☆　とか言うとる場合か。

あの時、ボロボロで痛々しい魔導力を見て、ソフィは、その、なんだ。あれだ。あれが、あれな感じを思い浮かべたわけですからして。アレアレ、って物忘れの激しい引退寸前の大臣みたいだが、違うぞ。ど忘れってわけじゃない。言葉にするのが躊躇われるだけで。あ、いや違うんだ、嫌とかそういうことじゃなくて、だな。

だって、ソフィの心を救ってくれたリヴィオへの恋心です、とか。言えんだろう！

待って。待って待って。

ソフィは頭を抱える。そういえば、アズウェロは何と言った？　アズウェロが「名付けろ」と言ったあの時。

『阿呆ではないな』

違う、そこじゃない。

『では、ぬしが名付けよ』

そう、その後。

『ぬしの、こっ恥ずかしくなるような、微笑ましい、温かい魔力が気に入った』

「あ、あれって、そういう意味……？」

こっ恥ずかしくなるような、じゃない。恥ずかしい。恥ずかしすぎる。え、つまりなんだ。ソフィはこれから回復魔法をかけるたびに、「私、彼のことが好きなんです」って言ってまわるってことか。え？　じゃあ何か。万が一。いや億が一、よりも低い確率であってほしいし、ソフィにとっちゃ考えたくもないことだが、もしもリヴィオが怪我を負ってしまったとしたら、「あなたのことが大好きです！」って言うようなものってことか？　むしろ「あなたのことが大好きですってみんなに言ってまわってました！」ってことじゃないか？？　考えたくないな！！！！！

「あ、あの、ルネッタ」

「はい」

わかってない。わかってないんだろうな。わからんでくれ。魔法石みたいな黒い瞳も、頬に刺さるリヴィオの視線も不思議そうなので、ソフィは冷静に、冷静に、と言い聞かせる。

「魔法を使う時のイメージを変えることって、できるんでしょうか」

「？　できると思いますけど、最初に成功した記憶は残りやすいので、大変かと。だから魔法のクセはなかなか変えられないんです」

「な、なるほど……」

まあな。誰しも第一印象とか、初めての経験とか、忘れられなかったりするものな。それこそ、初恋、とか。浮かれ浮かれのやらかし物語だろうとな。いや、だからこそか。

ソフィは、どれだけ頑張っても、回復魔法を使う時に今日を思い出さない自信がない。色々インパクトが強すぎた。

「リヴィオ……怪我、しないでくださいね……」

「？　はい」

見ないで。こっちを見ないでください。

ソフィはリヴィオの顔を見ることができない。かといって、ルネッタの「なんでどうして」と言いたげな無表情を見ることができなけりゃ、「なんでどうして」その二なアズヴェロも見ることができない。つまり左右も下も視線をやるところがないわけで、ソフィが泣きそうな思いで正面を見ると。う、ヴァイス様の、ニヤッ、って意地悪そうな、笑顔。

あれは、わかっている。

全部、全部わかっている。ソフィが何を考えていたか、今何を考えているか、わかっている顔だ。いや、いやね。別に、ソフィがリヴィオのことを大好きだってことは、わかりきっているんだから今更隠すことないじゃないって、ソフィも思うんだけども。そういうこっちゃない。そういうこっちゃないのだ。

全然わからんなって人は、初恋を思い浮かべてほしい。尊くも甘酸っぱく、愚かにも恥ずかしい、布団にくるまって身悶《みもだ》えしたくなるソレだ。あいつのこと好きなんだろ？　って聞かれて「イエス！」って大きな声で言えたか？　ソレだよ君。

無論、心を晒す恥ずかしさは色恋だけじゃない。じゃあどれだよって方は、ときめきサイクロンな自作の詩集を落としたとか、夢を語った日記を本と間違えて人に貸しちゃったとか、思い浮かべてほしい。どうだ、布団が恋しいだろう。思い当たらないって方は、楽しみにしているといい。そのうち布団に引き籠もりたくなる日は来るだろうから。

今のソフィのようにな！

ちなみにソフィは、ポエムを書いた経験も夢満載な日記を書いた記憶もない。お茶会で仕入れたネタである。あの時は「へえ」と少しもソフィーリアの心に響かなかった話だが、今はもうほんと、お布団が恋しかった。埋まりたい。丸まりたい。さながら、地中で眠る幼虫のように。

あ。

ヴァイスが。

口を、開いた。

「まあいいじゃねぇか。嬢ちゃんも初めてで混乱してるんだろ。それより食おう。腹減った」

ヴァイス様！！！！！！！

ソフィは心の中で忠誠を誓った。ヴァイスが今後ルネッタへの恋心に苦しむ時には、そっと布団をお持ちしよう。え、命と自由？　それはソフィの物なのであげない。

「それで？」

今日も美味しいリヴィオお手製のスープに、ソフィの心と身体がほこほこしたところで、ヴァイスが声を上げた。

「それで、とは？」

小さなおててでマグカップとスプーンを持つアズウェロが問うと、ヴァイスが続けた。

「何があって神が傷を負うんだ」

「ああ、実に不愉快な話だ」

深刻な話に似合わず、こくん、と頷くアズウェロは大層可愛らしい。だが、この重々しい雰囲気をぶち壊すお可愛らしい姿形はソフィの要望に応えた結果なので、ツッコんではいけないのだ。

「この辺りによくいるモンスターの姿を借りた私を見るなり、忌々しい魔導士が攻撃してきた。私を食らおうと、糧にしようと刃《やいば》を向けるならば、それも生き物の理だ。咎《とが》めることはせん」

だがな、とアズウェロはこくこくとスープを飲み干した。ぷは、と息をつく姿はやっぱり可愛い。

「あやつは、私がモンスターではないとわかった上で、私を捕らえようとしていた」

「！」

「この私を己の魔力に塗り換えようなどと、なんたる不届き者か。あまりに無礼すぎて、怒りに我を忘れてしまったぞ」

怒気が滲《にじ》むアズウェロの言葉に、その場の空気がひりついた。

モンスターを捕らえているのだろう、変人だか悪人だかの話に、ソフィたちは心当たりしかない。

「どんな奴だったか、わかるか」

慎重に問うヴァイスに、アズウェロは思い出すように顔を傾け、短い手を顎、と思わしき場所に添えた。

そして、ふん、と頷いたアズウェロは、ぴょんとソフィの膝を下りる。

「金色の髪に、金色の目をしていた。あれは、」

――がしゃん、と音が跳ねた。

驚いてソフィが隣を見ると、ルネッタの手から、器が落ちている。

「ルネッタ！」

ソフィは、慌ててルネッタの濡《ぬ》れたワンピースに触れた。幸い、スープは冷めていたようで、黒いワンピースは冷たい。火傷をしている心配はなさそうだ。ソフィがほっとすると、小さく息を飲む声がする。

どれほど高揚しようとも無表情だったルネッタが、硬直していた。寄せられた眉に、震える唇。

ルネッタの小さな顔が、動揺を描く。

「ルネッタ……？」

ソフィが名を呼ぶと、はっとしたようにルネッタは瞬き、震える唇に手を添えた。

「……ご、ごめんなさい、私、」

「大丈夫。大丈夫よ、ルネッタ。ねえ、火傷をしていては大変だわ。川へ行ってはどうかしら」

ね？　とソフィが微笑むと、ルネッタの、きゅっと寄せられた眉から力が抜ける。いつもの、垂れた八の字の眉に戻ると、ルネッタはこくりと頷いた。

「そう、ですね。有難うございます、私、ちょっと、行ってきます」

ふら、と立ち上がったルネッタを、ソフィは見上げる。

ついていきたい。きっと、あれは一人にしてはいけない。一人だと、もっと悲しくなってしまう。けれどもソフィはルネッタと出会ってまだ間もない。ソフィだったらどうだろうか。そんなに簡単に、心を晒せるだろうか。弱った心を、開いて見せられるだろうか。

——答えは否だった。

人と距離を置いて生きてきたソフィは、こんな時にどうすればいいのかが、わからない。

虚《むな》しくて悔しくて唇を噛むと、ヴァイスが己の愛馬に声をかけた。

「カタフ、ついていってやってくれ」

燃えるように真っ赤な毛並みをしたヴァイスの馬は、ゆっくりと頷くと、静かにルネッタの後を追った。なんかすごい人の愛馬は言葉を解して当然なんだろうか。

長い尾がゆったりと揺れるのを見送ると、ヴァイスが舌打ちをした。

ソフィがヴァイスに視線を戻すと、盛大に眉間の皺が増えている。腹を立てているような、うんざりしたような顔で長い髪をかきあげたヴァイスは、「最悪だ」ともう一度舌打ちをした。

それに、ふむとアズウェロが短い手をもふっと動かす。これは、多分、腕を組んでいる。組めていないけど。可愛い。とても。

「たしか、魔法使いの国《マジックランド》の魔導士は、金髪に金目ばかりだったと記憶しているが、今もそうで、あの魔女は繋がりがあるということか？」

ソフィは、膝に置いた手を握った。

ルネッタの髪は、瞳は、とても美しい黒だ。そして艶々と光を弾くその黒は、魔法を使う時には赤く輝く。ソフィは、見る者の目を奪うようなその色彩を見るのがとても好きだ。

けれど、そう。

そんな黒と赤の魔女は、金髪と金目ばかりの国の王女様だ。

外交をほとんどしない国なので、ソフィは王家の人間を見たことがない。が、金髪と金目の美しいお姫様の話は有名だ。夜会でルネッタの姿を見た者が、本人には聞かせられない言葉を吐くほどに、ルネッタの姉君はそれはそれは麗しいんだとか。けっ。

ルネッタの生まれについて、本格的に胸糞《むなくそ》悪い気配を感じたソフィは、ヴァイスを窺う。ヴァイスは、ふん、と鼻で笑った。

「繋がりどころか、ルネッタはあの国の第二王女だ」

「……なるほど。私が最後にあの国の人間と話したのは、一〇〇年ほど前だったと思うが、この世で自分たちが一番偉いと思っているような、恥知らずな人間だった。今もそうか？」

「俺は人様のことをどうこう言えるような立派な人間じゃねぇが、」

言葉を切ったヴァイスは、バキ、と手元で音を立てた。

なんだろう、とその長い指を見て、ソフィは硬直した。ヴァイスの持っていた、陶器のティーカップが、砕けている。黒いグローブからぽたりと、紅茶が落ちていく。

「俺はあの国の連中が嫌いだね」

冷たく、低い、その声に滲むのは。

恐らく、怒り。

凍《い》てつくようなその声に、ソフィの心臓がひゅうと音を立てた。

息すらままならんような、そんな張り詰めた怒気の中で、「あーあ」とのんびりした声が割り入る。リヴィオが、のんびりとのんびりと続けた。

「熱くないんですか」

「……グローブしてんだろ」

ふーん、とリヴィオが手拭いを投げると、ヴァイスは溜息《ためいき》をついてそれを受け取った。

「安心してください、聞きませんよ」

「聞かれてもペラペラ喋んねぇよ」

そうですか、と気安い会話には、もうプレッシャーはない。ソフィがほっと息を吐くと、隣から手を握られた。大きくて、温かくて、ごつごつした、硬い掌。

ちら、とリヴィオの顔を見ると、にこ、と優しい綺麗な笑顔。は？　好き。今度はぎゅううううと心臓を握り潰さんばかりに鷲掴《わしづか》みにされた心地のソフィである。

し、心臓が！　と一人で静かに大騒ぎのソフィの前にちょん、と立っているアズウェロは、手を拭くヴァイスを見上げた。

ちなみにティーカップを砕いたわりにヴァイスの手は元気そうだ。グローブを外す様子もない。さすが。

「恐らく、ぬしと私が考える絵図は、同じだろうな」

「神様と一緒ってのは、心強ぇな」

ハッ、と皮肉げに笑う顔は、ひどく不機嫌そうだ。

その「絵図」とやらは、よほどひどいものなんだろう。決して見たくはなかったルネッタの表情を思い出して、ソフィのピンク色だった脳内の温度が一気に下がった。

できればルネッタの色んな顔が見たい。色んな感情に彩られる表情を見たい。でも、それはあんな顔じゃなかった。見たいのは、にっこり満面の笑顔とか、ヴァイスの隣で頬を染める姿であって、辛《つら》い悲しい、そんな顔じゃないんだ。誰だあんな顔させた奴出てこい。

「……ルネッタが、あんな顔をするなんて」

ソフィが呟くと、ヴァイスは「そうだな」と顔を上げた。ぱ、と上げられた顔には、いつも通りの眉間の皺。

「ただ、あいつが、感情をわかりやすく表情に出すのは珍しい。そういうもんを出せるようになった、ってのは良いことなんだろうな」

ふ、と息を吐くように笑う顔は、好意的に見ても、まあ、怖い。何をしてもガラが悪いんだこの男。なのに、なんでだろうなあ。その声音も、表情も、優しく思えるのだ。他人のために怒れて、他人のために心を砕けるヴァイスが、ルネッタの側に在ることが、ソフィは嬉しい。じゃあソフィは？　ソフィは、ルネッタに何をしてあげられるんだろうか。小さな背中を思うと、ソフィの胸は苦しくなった。

「では、良い方に考えましょう」

ソフィが下を向くと、明るいリヴィオの声が、するりと耳を撫でた。

リヴィオは、ソフィの手をぎゅっと握る。

やさしい。そうだ、リヴィオは、出会ってからずっと優しい。いつも優しくて、明るくて、そっと寄り添ってくれるから。だからソフィも、誰かに、ルネッタに優しくしたくなったんだろう。自分にそんな心があるなんて、まあ驚き。まるで普通の人間みたいだと、ソフィはリヴィオの石像のように整った横顔を見上げた。

「正体不明の変態は、神に喧嘩《けんか》を売る魔法使いの国《マジックランド》の魔導士らしい、ということがわかりました。ヴァイス様も、アズウェロも、何を企《たくら》んでいるのか予想がつく、と。相手が何かわからない状況より、マシになったわけです」

リヴィオは、まるで自身が操る大剣のように、場の空気をスパスパと切り裂いた。ヴァイスは、ふうと息を吐く。

「まあな。あの街でモンスターを放ったのは、実験ってとこだろうな。遭遇したのはたまたまだろうが、運が良いとみるべきか？」

は、と笑うヴァイスに、リヴィオは「ええ」と頷いた。

「ご様子から察するに、その企みには、ヴァイス様とルネッタ様と良くない関わりがあるわけですね？　では、やることは一つでしょう」

「……そうだな」

ヴァイスは、笑いながらリヴィオの声に頷いた。どうやらこの二人、かなり好戦的なようだ。もうやあね、暴力的なのって。

でも。ま。

「やられる前に、やる」

「ルネッタをにっこりさせましょう！」

こう見えて、ソフィも好戦的なので問題はない。舐《な》めてもらっちゃ困る。

そりゃあ、戦場でバリバリご活躍なされる方の殺気なんて浴びたこたないので、無様な姿を晒してリヴィオを心配させちゃいるが、ソフィは王太子の婚約者だった女だ。伊達《だて》に口さがない連中や、王城の捻《ね》じくれた大人たちを相手にしてきてはいない。陰口くらい好きにすりゃあいいが、目に余る行動をする者には容赦をするなと教育を受けてきたレディが、ただの大人しい少女だと思うなよ。

ふんぬとソフィが両手を握りガッツポーズをつくると、瞬きしたヴァイスは、ぶは、と笑った。

「そうだな、その意気で頼むよ」

笑われるようなことを言っただろうか、とソフィは首を傾げて、はっとした。

リヴィオと繋いだまんまの右手も掲げてしまっている。

真っ赤になるリヴィオと同じくらい真っ赤だろうソフィに、ヴァイスは肩を揺らして笑った。

ソフィが食後のお茶をいただく頃。

戻ってこないルネッタを放っておくのもそろそろ限界で、ソフィはヴァイスをちらりと見上げた。行ってもいい？　と窺うソフィの視線に気づいたヴァイスは、こくりと頷いた。

「そうだな。そろそろ、声をかけてやってくれ」

ソフィはすっくと立ち上がった。その言葉を待っていた！

ソフィとルネッタとの間にある距離は、まだ、よくわからない。出会って三日そこらなんだから、簡単に全部をわかり合おうってのは、無理がある。そらそうだ。

そもそもソフィには、友人と言える人もいない。どうやって距離を詰めればいいのか、の前に、距離を詰めて良いのかすらわからないんだ。暗中模索。もう探しまくりの真っ暗闇だ。

でも、ルネッタに元気になってほしい。それだけは、揺るぎない、確固たる思いだ。

眠れなくたって構わない。いくらだって歩ける。なんてったって、ソフィは馬に乗れないからな。何時間でも、何日でも、ルネッタの魔法談義を聞きたい。だから、また、あのキラキラした瞳を見せてほしい。

祈るように足を進めたソフィは、すぐにその小さな後ろ姿を見つけた。

長い黒髪を地面に流して背中を丸めるルネッタの側に立つ、ヴァイスの愛馬カタフは、ソフィに気づくと顔を上げた。赤い毛並みが美しい馬は、ゆったりと尾を揺らす。

ソフィは、ふ、と一つ息を吐いて、ルネッタの隣に腰を下ろした。

「……へーか、怒ってませんか」

「何に対して？」

「私、スープひっくり返しちゃいました」

何それ。

ソフィは笑おうとして、うまく笑えなかった。

スープを零したからなんだ。そんな、まるで、そんなことでひどく怒られたことがあるように、膝を抱えないでほしい。そんな暗くて物々しい過去は、川に流して魚の餌にでもしておしまいよ。ああ、でもそんな不味そうなもん、魚も遠慮したいよなあ、なあんて。

笑おうとして、ソフィは笑えなかった。

「……辛かった日や、悲しい日って、どうしても、嬉しい日よりも記憶に残るものなんですって」

それが本当かどうかは知らぬけど。ストレスがかかる苦しい時間は、生命の危機として記憶されるんだと、ソフィが本で読んだのはいつだったか。身体を生かすために、生き延びることができるように、記憶が備えとして保存されるんだって。そんで、落ち込んだ時にその恐怖やストレスを呼び起こして、身体に逃げろ！　と告げるんだとか。うーん、有難いんだか、余計なお世話なんだか。わからんな。

「だから、身体が思い出しちゃうのも、落ち込んじゃうのも、仕方ないのよ。……生きているんだから」

「……ソフィも？」

頼りなく、か細い声が問うのに、ソフィはくしゃりと笑った。

やっぱりうまく笑えないソフィを、この少女はどんな風に見ているんだろうね。

夜会のあの日、王城には美しいと評判の義母も義妹も、ソフィーリアに微塵《みじん》も興味がない父も王太子もいた。白粉《おしろい》と同じように、ぶあっつい体面で覆われた、うっすーい笑みを浮かべるソフィーリアは、ルネッタにどんなふうに見えていたんだろう。

「はい。だから、逃げたかったら逃げていいんです。わたくしは、逃げてきましたよ」

あの場所にいたソフィーリアは、ほとんど死んでいたようなものだ。逃げ出してきた今、初めてソフィは好きに息をしている。

役割だからと諦めて、あの場所に必死にしがみついていたソフィーリアを、けれど「優しくしてもらった」と、少女は婚約者に語ったのだという。そんなルネッタの心を、ソフィは尊く思う。

「……私も」

ルネッタは、立てた膝の上で伏せていた顔を上げた。

「私も、逃げてきたんです。へーかが、いたから、私は、外に出たんです」

ルネッタの黒い瞳は、水面を見ているようで、何も見ていない。反射する光も、泳ぐ小魚も、何も映していない瞳で、淡々と言う。感情のない声に滲む痛みに、ソフィの胸が苦しくなった。

「……じゃあ、わたくしたち、おんなじね」

「……おんなじ」

ええ、と笑うソフィの方が、きっとひどい顔をしている。今辛いのも悲しいのもルネッタなのに、勝手に落ち込む自分が、ソフィは嫌だ。リヴィオのように、強くありたいと、ソフィはルネッタに見えないように右手を握った。

「嫌なことも、辛いことも、苦しいことも、逃げて、今わたくし幸せなんです。ルネッタは?」

「私……私、」

ルネッタは、目を閉じた。

細い睫毛《まつげ》がふるりと震えて、髪を風が揺らす。小さな唇は、ほ、と息を吐いた。

「私も、楽しいんだと、思います」

ゆっくりと、ルネッタの瞳が開かれる。水面を反射する、黒い瞳だ。

魔法のこととなると一生懸命で楽しそうな魔女の瞳は、ぱちん、と瞬きをした。

「知らないことばかりで、いろんなことを試せて、へーかはうるさくて、」

だから、とルネッタは立ち上がった。

ふわりと、黒い髪と黒いワンピースが舞う。頭から足の先まで真っ黒の魔女は、いつものように無表情にくるりと艶めく瞳を乗せて、ソフィを見下ろした。

「だから、叩き潰さなくちゃいけません」

あは、好戦的。

「いいですね！」

そうこうなくっちゃ！

ソフィは微笑んだ。んじゃあやっぱり、やるこた一つだな。

三 ピクニック

白い熊が、のっそりと歩く。

鋭い爪がいかにも狂暴そうな熊は、けれど傷を負っていた。赤く濡れた足を引き摺《ず》りながら歩く姿が痛々しい熊の姿は、この地に生息するモンスターとよく似ていた。

あくまで、似ているだけ。決して、同一ではない。

魔法を扱う者ならば、感じることができるだろう。その熊は、モンスターにはない、不思議な魔力の流れを持っていた。

大きな力だ。

神や精霊のみが持つ、清廉な、大きな力。

白いローブを着た金髪の男は、じわりと、熊の背後を取った。

――男の金色の目には、今、熊しか見えていないに違いない。

巨大な力を手にできると欲望に滾《たぎ》り、自分ならば使いこなせると驕《おご》り、そして雪辱を果たそうと復讐心《ふくしゅうしん》で満ちている。

ああなるほど。ろくなもんじゃない。こういう手合いが、一番面倒で厄介だ。言葉が通じんからね。

きっと常人と違う言語を扱うだろう男は、光を放ち、杖を出した。

杖は魔導士にとって、詠唱と同じく、魔力を底上げし、魔法を安定して使うための重要なアイテムだ。世の中には杖を使わずとも魔法を使える者もいるが、残念ながら男はそうではないらしい。

いや、べつに。べつに、それが悪いってんじゃない。便利な道具は、いくらでも使えばいい。使わないのが格好良いなんて、それこそ格好悪いだろう。結果が同じなら、方法は最も簡単で早いものを選ぶべきだ。戦いで魔法を使うなら、尚のこと。

ただ、その程度の魔導士が、本当に勝てる喧嘩だろうか？

――ざわ、と魔導力がざわつく。

『深淵《しんえん》の死者の咆哮《ほうこう》、凍てつく吐息、』

詠唱が始まった。

さすがに素人ではない。まずは自分の周囲に防御壁を展開し、その後、次の魔法の術式を描いていく。肌をビリビリと、小さく、いくつも切り裂くような魔力が膨れ上がる。そして、

『アディティカルブレイド！』

ど、と魔力が放たれた。

青く光る魔力の塊に、熊の身体が吹っ飛んでいく。地響きの音と、木々が折れる音が鳴り止んだ先にある、ぐったりと血に濡れる姿に、男は口の端を上げた。

魔法によって負った傷や折れた木々で血を流す熊は、それでも、ぐらりと身体を揺らしながら立ち上がった。

青い目が、男を射抜く。

びくりと身体を揺らした男は、けれども勝利を確信したように、にやりと笑った。

ご自慢の魔法が熊に効いたと見て、さぞやご満悦だろう。

なにせ男は前回、熊の足に怪我を負わせた程度で、返り討ちにあっている。数百年ぶりに人に襲

われた熊は、怒りに我を忘れ、魔力を濁らせ、巨大化した。その強大な力を前に、男は分が悪いと一目散に逃げた、というわけだ。にもかかわらず、一体どこに自信があるのか。男は、今度こそは逃がさん、と笑った。

「あの男に、目に物を見せてやる」

くは、と堪《こら》えきれないように笑った男は、次の詠唱を始めた。

幾重にも展開される防御壁が、次に放つ魔法がそれなりに時間のかかる、大掛かりなものであることを示している。

今のうちにすたこらさっさと逃げればいい、というには熊は傷を負いすぎた。前足を振りかぶるが、防御壁に弾かれて、再び地に伏してしまう。

男はそれに気を良くして、笑いを堪えきれないとばかりに、口角を上げ、詠唱を続けた。

そして、巨大な魔法陣が、熊の前に現れる。

淡く光る魔法陣は灰色で、不気味に空気を震わせている。熊は、その場から逃れようとして、けれど身体が動かず、

「ぐあああああああああああああ」

大きな悲鳴が響いた。

思わず耳を塞ぐほどの轟音《ごうおん》は、男の思惑通りに術式が動いていることを如実に語っている。

男は、笑いが止まらない。ひいひいと肩を震わせ、魔法石を取り出した。ガラス玉のように向こうが透けて見える魔法石に、この大きな力が入るのだと、神の力が手に入るのだと、男は詠唱を結ぼうとして、

「は」

男の身体は、おもしろいくらいに吹っ飛んだ。

騎士団の演習を見学したこともあるソフィは、これっくらいじゃ動じない。吹っ飛ぶ男を見送って拳を握った。その隣で、ルネッタが指を振る。

「残念ですが、幻影です。本物は、傷一つ負っていませんよ」

血だらけの熊の周りで赤い光が弾けるように散ると、不機嫌そうに耳をぴるぴると揺らす無傷のもふもふ熊さん、アズウェロが姿を現した。

ふすふすと鼻息を吹かすアズウェロは、ぶんと前足を振る。

「私がお前程度の魔法に参るものか！」

「魔力や魔導力の流れまで騙《だま》せたのは、アズウェロの協力があってこそでした。有難うございます」

ぺこ、とルネッタが頭を下げると、アズウェロは「う、うむ」と、こしこしと顔を前足で擦《こす》った。

礼を言われて照れてんだろうか。可愛いとこがある神様だな。

吹っ飛んだ男は、よろよろと立ち上がり、金色の目に忌々しそうな暗い火を昇らせた。

「く、国殺しっ……！」

くにごろし。

国殺し、と言ったのだろうか。何の話だと、ソフィはルネッタの方を見ようとして、その瞬間再び男が吹っ飛んできたので飛び退《の》いた。向こうへ吹っ飛んでいった身体が、今度はこちらの方へ。お帰りなさいってか。

「誰が勝手に喋って良いつったよ。あ？　立場をわきまえろ。現行犯だってわかってんのかよ」

すたすたとこちらへ歩いてきたヴァイスは、びくびくと手足を震わせながら立ち上がろうとする身体を踏みつけた。う、と呻く男の声に「うるせぇ」と返す極悪っぷりだ。どっちが悪役だっけ。ちなみに最初に男を向こうに吹っ飛ばしたのはリヴィオで、向こうからこちらへ吹っ飛ばしたのはヴァイスである。嫌すぎるキャッチボールだった。

革のブーツにぎしりと踏みつけられた男は、その足を見上げ、不機嫌極まりないヴァイスの顔を見て、悲鳴を上げた。

「な、なぜ、貴様がっここにっ、お前は、街道にいるはずじゃ……！」

「ああ、やっぱり俺が狙いか」

わかりやすいねぇ、とヴァイスは、ぎりぎりと白いローブの男を踏みつける。男は呻き、土で汚れた白いローブの下で、手足をバタバタと動かした。

「う、うるさいっ、貴様なんぞ、我が国の敵ではないわっ！」

「あぁ？　なんだ、『俺』じゃなくて『国』っつーことは、やっぱり王の差し金か？　あーあー、くっだらねぇなあ。暇か。暇なんだろうなあ、お前ら」

ははは、と笑いながら、ヴァイスはぎりぎりぎりと、白いローブの背中を踏みつける。う、とかあ、とか呻く声に、「うるせぇ」と返す徹底した鬼畜っぷり。いやあ、さすがは一国の王さまである。リッパだね。

「くそっ、くそっ、俺が！　俺が何をしたって言うんだ！」

「あの魔法陣は、対象物の魔導力を書き換えるものでしょう。自分の魔力で汚染し、魔法石に閉じ込める。そういう術式ですね。まあ、よくできています」

欠陥も多いですが、と淡々と話すルネッタに、男は燃えるような瞳でルネッタを見上げた。

「黙れ！　黙れ！　お前如きに何がわかる！」

「わかりますよ。私は魔女ですから」

「魔女！　何が魔女だ！」

は、と笑う顔は、ルネッタを見下し、傷つけてやろうという悪意にまみれている。到底、自国の王女を見る目とは思えない。

「お前は災厄！　お前は汚点！　お前は呪いだ!!!」

その言葉が、全てなのだろう。ルネッタのことを人とも、人の子とも、ましてや王女とも思ってはおらん。

ろくでもない感情を正面からぶつけられ、それでもルネッタは表情を変えずに、首を傾げた。

横で聞いているソフィの方が、泣きたくて怒鳴りつけたい衝動でいっぱいになって、ぎゅうと両手を握った。が、まあ。心配しなくとも、どしん、と思いきりヴァイスが背中を踏みつけなおしてくれたので大丈夫。

ぐりぐりと力を入れる足には、感情が籠もっていて大変良い。

「私たちは厄災で汚点で呪い。結構ですよ。そうでしょうね。それで、だからなんですか。へーかを巻き込む理由がどこにあるんですか」

「はっ」

ルネッタの言葉に、男は鼻で笑った。これだけ踏みつけられても、まだそんな元気があるのだから、彼の国の魔導士の根性とはすごいなと、ソフィは場違いにも感心してしまう。折れろよ心。

「我が国に喧嘩を売ったのは、この男だ。この男さえいなければ！　お前なんかが思い上がることもっ」

ぶべ！　と珍妙な悲鳴を上げて、ごろごろごろと男が転がっていく。ヴァイスが蹴り上げたのだ。見事な回転をみせる男の身体は、アズウェロがふんぬと踏み潰して止めた。ナイス連携プレーである。

「これは生かしておくのか？」

「まだ使い道がある」

そうか、と頷いたアズウェロは、よいせとその身体の上に二本の前足をのせ、更にその上に顔をのっけた。おすわり。うがあああ、と男の嫌な悲鳴が響くが、誰も気にもとめない。

数日前のソフィーリアちゃんであれば、顔色の一つでも変わったろうが、ここにいるのはルネッタへの暴言を許せない、ただの人のソフィだ。

名も知らぬ男よりも、男の言葉にルネッタの心が傷ついていやしないかと、そればかりが気になったソフィは、ルネッタの顔をちらりと窺った。

変わらぬ無表情は、ぱちりと瞬きをし、踏みつけられる男の前へ進み出た。

「仲間は何人ですか」

「いっ、言うかっ！」

「他の仲間はどこですか」

「……死んだとしても、言わん！」

へえ、と不気味に笑ったのは勿論、ヴァイスだ。

「恐れ入ったね。まだ自分が優位だと思っているのか。その根性だけは褒めてやってもいいが、魔法使いさんは、よほど戦を知らぬと見える。いいか、戦況を見誤った者から、死ぬ。何もなくても死ぬ。銃を向けただけで、善人も悪人も死ぬ。それが戦だ」

ご存じなかったか？　とヴァイスは笑った。はは、と心底おかしいとばかりのそれは、純度の高い怒りだ。

この世の全てを手中に収めた気でおられる魔導士様は、なーんもわかっておらんのだろうなあ。いいな。頭が軽そうで。ピクニックに行くにも旅行に行くにも、身軽でよろしかろう。それこそ、戦でもな。身軽なのは良いことだ。そうだろ？

「戦争などと、簒奪王は言うことが違うな」

「何を言う」

まあ、その最終地点がどこなのか。そんなのはソフィの知るところではないが。

「国に国が喧嘩売ってんだから戦争だろうがよ」

「我が国が喧嘩を売っただと……？　それはお前が最初だろう、お前が、お前さえ……！」

「これは互いの国で決めた盟約だったはずだがな。しかも、テメェが今やらかしてんのは、他人様の国だぞ。てめぇんとこの王は馬鹿か？　痴呆か？　あ？　お得意の魔法で治療してやった方が良いんじゃねぇの」

すごいな、とソフィは感心した。

ヴァイスの話だ。

どっちが悪役なのか、本格的にわからなくなってきた。

まあね。悪なんて概念は、立場で変わる曖昧で不確定でつまらんモンだ。あちらのお国からすりゃあ、ヴァイスは真実悪人なんだろう。

ルネッタの白磁の顔を曇らせて、一国の王に暴言を吐いて、アズウェロに平気でひどい魔法を使おうとして、モンスターを捕らえて街に放した疑いがあるから悪人、なんてぇのはソフィの尺度だ。もしかしたら、ヴァイスとルネッタは裏で企んでいることがあるのかもしれないし、この男はその企てを阻止しようとしているのかもしれない。一方だけを見て、一方を悪だと切り捨てるのは、なーんにも知らんくせに婚約者の座を降りろとピーチクパーチク囀《さえず》る小鳥ちゃんたちと同じだ。ちなみにソフィーリアは降りることができるなら喜んで降りますよ、と思ったし、降りることができなかったので逃げてきたんだけどね。

そういえばあの小鳥ちゃんたちは、ソフィーリアの代わりに婚約者になっただろう義妹のことも、あの紅がキラキラする嘴《くちばし》でつっつくんだろうか。ソフィはふと考えて、首を振った。義妹は社交界で人気者だったから、それはないだろう。ソフィーリアのいない場所で、みんなそれぞれ幸せに生きていくに違いない。ソフィーリアがいなけりゃ、まあるく収まるんだろうよ。

もっと早く逃げ出せばよかった、とソフィは損をしたような気持ちになるが、一人で逃げ出していれば、結局惨めな気持ちで生きていた気がする。

今、厄介なトラブルに巻き込まれているらしくても、心配そうなアズウェロになんだかもふもふと頭をつつかれても、ソフィがヴァイスとルネッタを信じてぼけっと立っていられるのは、リヴィオがいるからだ。

涼しい顔で男を吹っ飛ばしたリヴィオは、ソフィの側から決して離れない。

いつでも動けるように、とばかりに大剣を肩にのせたリヴィオの視線は、男に張りついている。

ピリピリとした真剣な顔も凛々《りり》しくて大層美しい。

「偉そうにしていられるのも、今のうちだ……！　お前がなぜここにいるのか知らんが、今頃、街道にいるお前の部下は皆殺しになっているぞ！」

「ご心配どうも」

ルネッタ、とヴァイスが名を呼ぶと、ルネッタはごそごそと鞄から魔法石を取りだした。

「みなさん、聞こえますか」

『はーい！　ルナティエッタ様！』

わ、と返ってきたのは、大人数の男性の声だ。大きな声で、わーわーとルネッタを呼び、騒いでいた声が遠ざかると、『うるさいよ君ら』と、涼やかな声が言った。

『ルナティエッタ様、うちの王様のご機嫌はいかがですか？』

「……怒ってます」

『なるほど、想像通りクソな展開みたいですね』

男は言葉を失い、ルネッタの掌の魔法石を、信じられないように見つめている。見開いた、血走った目が不気味だ。

「だから、戦況を見誤るなと言っている。そこの神とやらが、お前の魔法にかかっていたのはフェイク。つまりは、罠《わな》にかかったのはお前だって考えればわかるだろ」

『うまいこと言ったってドヤる陛下の顔が目に浮かびますねぇ』

「クビにされてぇかフェル」

『俺の他に、自由行動がお好きな陛下に付き合える家臣に心当たりがあるならどうぞ』

「ぐげっ」

最後のカエルのような鳴き声は勿論、ヴァイスではない。足元にいる男が、がす、と黒いブーツに蹴飛ばされた呻き声だ。ザ・八つ当たり。ま、あらゆる方面に苛立《いらだ》ちをぶつける、のではなく暴言吐き男にぶつけているのでお好きにどうぞ、である。

外から見ているだけのソフィに男が悪だと切り捨てる資格はないが、ルネッタの敵、アズウェロの敵、と認定するには十分だ。やったれやったれ。そのための作戦だったのだから！


「大物を逃して、そのまま帰る気にはならねぇだろ」

まだ森にいるはずの男を罠に嵌《は》めよう、と言ったのはヴァイスで、ならば囮《おとり》が必要だ、と言ったのはリヴィオで、アズウェロを見たのはルネッタとソフィだった。

じ、と見詰められたアズウェロは嫌そうな顔で「おい」と、小さな顎をもふと上げる。

「主、私は神だぞ」

「はい、神様を捕らえようとする不届き者がいるようなのですが、神様はそれをお見逃しになるのですか？」

「……嫌な言い方をするな……」

これは失礼。

王城のどっろどろな世界を生きていたソフィは、そういうところがあるのだ。ご容赦ください。

ごめんなさい、と思ってはいないが一応謝ると、あの、とルネッタが首を傾げた。

「攻撃されるとわかっている相手にやられるほど、アズウェロは弱くはないですよね？」

「当たり前だ」

「じゃあ怖くないですよね？」

「当たり前だ！」

「ならなんで嫌なんですか？」

「…………」

ルネッタのこれは、多分、天然だ。純度一〇〇パーセントの天然煽《あお》り。ボコッ！　と人の怒りを沸騰させるのは、実はこれが一番効く。こいつわざとだなって思えば、逆に思い通りになってやるものかと冷静になるもんだが、天然ものはそうはいかん。なにせ、本気で言っとるからな。ここでアズウェロが断れば、「やっぱり怖いんですね」とか言って謝罪したうえに心配しそう。

一番腹立つやつ。

腹立つが、でもそこに悪意がないから、相手は何を怒られているのか、ちいともわからん。これほど戦いにくい相手はいない。つまりはこういう時、ソフィやヴァイスのような人間は黙っておくに限る。案の定、ぷるぷると、というか、もふもふと揺れたアズウェロは「やってやろうではないか……！」と身体を大きくしたわけである。

作戦はいたってシンプルだった。

アズウェロがおびきだす。ヴァイスとリヴィオがぶん殴る。以上。

シンプルな作戦はいいぞ。こーんな森の中でもすぐさま取りかかれる。準備も簡単。

まずは、モンスターに似た熊さんになった神様を用意します。

すんごい魔女さんが、神様に魔法をかけます。

武力で天下取れちゃう系男子を二人用意します。終わり。

なんて簡単！　誰でも挑戦できる悪党捕獲作戦である。ま、神様や最強魔女、天下取れちゃう系男子を、誰でも用意できるかは知らんがね。

「ヴァイス様の部下の皆さんは大丈夫でしょうか？」

そんなシンプルな作戦に首を傾げたのは、リヴィオだ。

「ヴァイス様とルネッタ様と浅からぬ縁がある者なんですよね。もし、街の騒ぎが試運転で、本命がヴァイス様とルネッタ様だったとしたら……部下の皆さんは、大きな街道の方を移動されているのでしょう？　そちらが襲われるのでは」

「ああ。こういう事態に備えた、それこそ囮役だ。連絡が取れる魔法石を持たせている」

頷いたルネッタが魔法石を取り出し、声をかけると『お呼びですか』と涼やかな声が応えた。

ヴァイスが一通り状況を説明すると『了解です』と、ほんとにわかってる？？　ってくらい素早く軽い返事が返ってくる。

『ルナティエッタ様にいただいた、魔力を感知する魔法石がありますからご安心ください。どこにいるのかさえわかれば、魔法を使われる前に叩けばいいだけですから』

なんとも頼もしい力任せな返事に、ヴァイスは頷き、ルネッタはこちらを振り返った。

「ソフィたちは、どうしますか」

「え」

問われ、ソフィはその黒曜石のような瞳を見詰め返した。

ルネッタの長い髪が風に揺れる。

「これは、私の問題です。ちゃんと逃げ切るために、叩き潰さなくちゃいけないんです。でも、ソフィは関係ありません。危ないから、この先の街で待っていた方が良いと思います」

それはそうだ。

むしろ、隣国の問題を持ってきてくれちゃっているので、この国でそこそこの立場にあったソフィにはあまり関わってほしくないことかもしれない。それこそ国際問題だ。

第一、ソフィはここにいたってなんの役にも立たない。

回復魔法は覚えたてほやほやだし、っていうか大魔女様がおいでなのにソフィの魔法なんてマジで何の役にも立たん。剣が使えるわけでもなければ、頭が良いわけではない。

だから、一緒に行きたい、なんてのは我儘《わがまま》だ。

「ソフィ様」

知らず俯《うつむ》いていたソフィは、膝の上で握った自分の手に、大きな手をのせられて、顔を上げた。

ソフィの大好きなブルーベリー色の瞳を優しく細めて、にっこり笑う顔は、ソフィに何度だって力をくれる。

「言うだけはタダですよ」

おどけるように言うリヴィオに、ソフィは笑った。

そうだ。

言ったって無駄。身の程をわきまえる。そんな楽しくもない習慣を、ソフィは捨てる決意をしたのだ。考えなしな発言が良いって言ってんじゃないぞ。ただ、貴女が心配なんです、って。それっくらいは言ったって許されるんだってことを、ソフィはリヴィオに教えてもらったのだ。

「邪魔になることはわかっています。ですが、許されるのであれば、ルネッタと一緒にいたいです」

あ、とソフィは声を出しそうになる。

くる、とルネッタの瞳が丸く見開かれたのだ。ルネッタがそんな風に表情を変える様子を見ることができて、ソフィの心がそわそわした。……ソフィが馬鹿すぎて驚いた顔ってんじゃなければ、だけど。

「いんじゃねぇか」

援護は、思わぬところから来た。

一番反対しそうな、現実主義そうな先生、もとい王様は、非戦力でしかないソフィの同行を少しも嫌がらなかった。

「嬢ちゃんには、えらいボディーガードがついてるわけだし。ルネッタも嬢ちゃんが側にいれば、無茶はしねぇだろ」

「……私、無茶なんてしません」

「自分一人でも、絶対に防御魔法を使うと約束できるんだな」

「…………」

そっと視線を逸らしたルネッタに、ヴァイスはそういうとこだろ、と溜息をついた。

つまりソフィの役目は、ルネッタから離れずに足手まといになることらしい。

足手《ソフィ》まといがいれば、ルネッタはどんな時も防御魔法を使い、身を守ることを考えなくてはならない。捨て身の作戦、なんてのはできないわけだ。ルネッタの優しさとソフィの役立たずっぷりを考慮した、素晴らしい作戦である。そういうことならどんどん任せてほしい。

ソフィは頷いた。

「立派に足手まといってみせます！」

「誰もそこまで言ってねぇんだわ」


そんなわけで、侍女役《足手まとい》を仰せつかったソフィは、絶賛、縛られ中である。

もちろん、ソフィにそんな趣味はない。

「久しいな」

「……はい」

では、ゴミでも見るかのような顔でルネッタを見る、長い金髪の偉そうなおっさんの趣味なのか、といえばまあ、多分それも違うと思いたい。

「ティベウス、よくやったな」

「い、いえ」

「他の仲間はどうした」

「あ、あいつらが思ったより、その、抵抗して、ゆっくり来ると……」

「そうか。無理をさせてすまないな」

「め、滅相もありません」

褒美を弾もう、とローブの男に笑いかける煌《きら》びやかなこのロン毛おじさんは、この国の王なのだという。どの国かってえと、魔法使いの国《マジッククランド》って国だ。

つまるところ。

「それで……お前は、少しは反省したのか」

「お父様、私は」

「父と呼ぶなと言っただろう。虫唾が走る」

ロン毛おじさんはルネッタのお父様であられるわけだが、ご自身で否定していらっしゃる。じゃあ貴方はなあに？　ゴミ虫かしら、と思っても許されるだろうとソフィは微笑んだ。

「恐れながら陛下、発言をお許しいただけますか？」

王は、ぎろりとソフィを見下ろした。

「貴様はなんだ」

冷え冷えとした王の視線を受け、ソフィは深く頭を下げる。縛られた縄が痛いが、まあ仕方がない。

「オブドラエルでルナティエッタ様の侍女を仰せつかっております、ソフィと申します」

嘘だけど。

侍女のバイトは仰せつかったが、ヴァイスの国の民ではない。けれども、ここで言うことではないので、ソフィは額が大理石に付かんばかりに頭を下げた。痛そうな床、もとい高そうな床だ。

「侍女如きが王と言葉を交わそうなどと、無礼ではないか？」

「お言葉はごもっともでございますが、わたくしは陛下の言葉をお伝えせねばなりません」

「何……？」

顔を上げよ、と言われて、ソフィはゆっくりと身体を起こした。

ところで、外交嫌いの魔法使いの国《マジックランド》が成り立っているのは、魔法文化が飛び抜けて優れているからだ。世界に流通する、魔力が込められた加工済の魔法石の約三分の一は、この国で生成されたものだとも言われている。どっかの国のように、大魔女様を抱えた武力大国でもなければ、争う気すら起こらない、そういう国なのだ。魔法石が手に入りづらくなるのも困るし、その魔導士の力を戦に用いられても困る、というわけだ。だからほとんどの国が関わりを持たない。商人が魔石を仕入れて販売する状況を諾々受け入れるのみ。

そんなわけで、ソフィは王の顔を知らぬし、王はソフィの顔を知らん。

これ幸いと、ソフィは微笑んでみせた。

「寛大なお言葉、感謝申し上げます」

「礼などいらん。本来であれば、魔法もろくに知らぬ下民の顔など見たくもないのだからな」

最悪だ。

ソフィは微笑んだ。

清々《すがすが》しいほどの選民思想。そのうえドクズ。魔法が使えなければ人に在らずで、魔法めっちゃ使える娘には父と呼ぶなときた。ブレッブレのご大層な信念とやらを蹴飛ばしてやりたいところではあるが、それはソフィの役目ではない。

金色の目を見る、自分の茶色の目に嫌悪感が滲まぬよう、ソフィは慎重に笑みを固定する。

「ルナティエッタ様を、陛下の婚約者として我が国にお迎えすることは、我が国と貴国との和平の証《あかし》であったはず」

そう、そうなのだ。

躍進を続けるヴァイスの国は、気づけば魔法使いの国《マジックランド》を属国で囲んでいた。いつどちらが攻め入るのか、という緊張感で各国の上層部はピリピリとしていたわけだが、ヴァイスが魔法使いの国《マジックランド》の第二王女を婚約者に迎えたことで、事態はひとまずの落ち着きを見せた。

そういう意味でも、この国の婚約話は重要な意味合いがあったのだけれど。まさか、まさか。わずか一年で和平を結んだはずの王に喧嘩を売るなど、愚王にも程がある。

国と国との約束をなんだと思っているのか、ってのは多分。あのセリフが全てなんだろうな。

この国王、魔法が使えない人間をことごく見下しておられるのだ。あら、あなたドレスを新調さらないの？　そんな格好で何を言われても笑っちゃうわよ？　ってな具合に。誰でも簡単に新しいドレスが買えるならそうするし、ドレスは別に買い替えなくたって死にゃあせん、大事なのはドレスじゃねーんだよ、ってのは通じない。聞く耳をお持ちでないのだ。耳がなけりゃ、ははあ。人の話は聞こえんわな。凝り固まった古臭い自意識だけでおしゃべりあそばされるので、いやはや迷惑。公害だ公害。なんの話だったかなって、そうそう。

国と国の和平の公約を、今度遊ぼうねっ！　って子供の口約束かなんかと勘違いしとる阿呆の話だ。

「他国での暴挙に加え、陛下を襲い、ルナティエッタ様をまるで罪人かのように扱い無理やり国に連れてくるなど……」

何を考えているんだ馬鹿ですか馬鹿ですね王位など即刻返上した方が良いのでは？　と言いたいところだが、それが言える図太いおバカちゃんであれば、ソフィーリアは苦しまなかった。嘘をつくことくらい、なんでもない。

「よほどお困りの事態が起きてしまわれたのでしょう。これ以上、貴国との争いを陛下は望みません。どうか、ご事情をお話しくださいませんか」

「……なるほど、我が国にあのような蛮族が敵《かな》うわけがないと思い知ったか」

「……陛下は、痛手は最小限に留《とど》めなければならないとお考えです。我が国にできることであれば、何なりとお申しつけください」

なああんて嘘ですが！　はい、嘘です嘘！　あの過保護な王様が、婚約者をこんななくっそみたいな国に送り返すわけがないし、王様はピンピンしておられる。絶賛元気マン。元気すぎて、今頃この城の弱みを捜しまわっていらっしゃる。護衛のアルバイト中のリヴィオを連れて。

つまりは、今度はルネッタとソフィが囮役であった。

リヴィオは、それはそれは嫌がって、違う作戦にしよう、と声を荒らげたが、ソフィはその顔に見惚《みと》れることはあれど頷くことはなかった。リヴィオのシリアスなお顔、すごく良い。ヴァイスに食ってかかる顔、とっても良い。と浮かれ脳みそ君は鉢巻を巻いてスタンディングオベーションの嵐で、違う作戦なんて思いつかぬ。

決め手はアズウェロの「私が姿を消して同行すれば心配はないだろう」という言葉だった。

「人間如きに悟られぬようにするくらい、朝飯前だ」

ふふん、と笑ったアズウェロは、ルネッタの魔法で身動きが取れなくなった男から足を上げ、ぽん！　と姿を消した。

どこにも姿が見えないアズウェロに、ルネッタが「本当に魔力が感じられません。さすがですね」と感心したように声を上げたが、ソフィにはすぐ側にいることが、なぜだかよくわかった。

首を傾げると『主は別だ』と、低い声が言う。

みんなは聞こえていないらしい、あの声だ。

『主と私は、主従の契約を結んだから特別なのだ』

「すごいですね」

そうだろう、と自慢げに語るアズウェロの声に、ソフィの脳内では、もこもこの小さな熊さんが仁王立ちをした。可愛い。

「じゃあまあ、決まりだな。俺は街道で瀕死《ひんし》ってことにして、坊ちゃんと城を漁《あさ》る。嬢ちゃんは、ルネッタが無茶をしないように見張ってくれ。ルネッタは、」

「はい」

ルネッタは、真っ白の顔を上げた。

ちなみに、手放すと爆発する、という世にも恐ろしい魔法石をポケットに入れられた男の顔はもっと真っ白だ。爆発を解除してほしくば言うことを聞け、というわけである。テロリストはどっちだろうなあ。

神様と大魔女の魔法に逆らえない男は、いそいそと転移魔法の準備をしている。指定の場所へ複数人で移動ができるという、魔法使い《マジックランド》の国が開発した魔法だ。まだこの魔法を使える国は、他にない。ソフィはそれが気になって仕方がないんだけども。

「ルネッタは、てきとーにやってこい」

「……てきとーですか」

おう、と頷いたヴァイスは、ぽすん、とルネッタの頭に手をのせたので、ソフィの胸がどきんと高鳴る。これ、見てていいやつかな。

「逃げてもいい。やっぱやめた、って言いたきゃ言え。すぐに行ってやる」

「は、はい」

「そうでなけりゃ、せいぜいぶっ潰してこい」

「……はい」

きゅっと唇を噛んで、胸元を押さえて、下を向くルネッタは、可愛かった。可愛かった。

目元を赤く染めて、ほんのりと黒い瞳を揺らす、そのお顔！　そうそう、そういうお顔が見たかったのよ、とソフィはなんとなく、隣に立つリヴィオを見上げた。

目が合ったリヴィオは、にこりと微笑み、身を屈《かが》める。近い！　近い！　ぎゃあと悲鳴を飲み込むソフィにくっつくようにリヴィオが身を寄せるので、ソフィの心臓は今にも破裂しそうだ。このままだと浮かれ心臓くんの墓も作らねばならんのではないか。

「可愛いですね」

「ル、ルネッタ、ですか？」

リヴィオは、ぱちん、と長い睫毛で瞬きし、いいえ？　と、首を振った。

「嬉しそうなルネッタ様を見る、嬉しそうなソフィ様が、可愛いです」

「！！！！」

かわいい！　可愛いって？　ソフィが可愛いんだって!!!

相変わらず、リヴィオの美的感覚が心配になるソフィであったが、言われて嬉しくないわけがない。どっきどっきと心臓は危ういが、浮かれ脳みそ君は元気いっぱいだ。しゃんしゃん鈴を片手に踊っている。

「ソフィ様も、くれぐれも無理をなさらないように。何かあってもなくても、いつでも僕を呼んでくださいね」

何もなくても呼んで良いなら、別行動なんぞできんな。毎秒呼んでしまいそう、とソフィは緊急時のみ名前を呼ぶことを決意した。

そんなわけで。

異国の地で王を前にしても、縄で縛られようとも、ソフィは少しも怖くなかった。

胸には見守るようなアズヴェロの温かい魔力を感じたし、城内にはリヴィオとヴァイスがいる。隣には、白い顔で俯くルネッタがいる。

ここで戦わなけりゃあ、あの日々を耐えた意味もなくなるってもんだ。

「お前は、魔法もろくに普及しておらぬあの国の人間にしては、まともではないか」

「有難いお言葉にございます」

全然有難くないし、なんなら吐きそうだけれどソフィは笑顔で頭を下げた。

ソフィが下手に出て出まくって、遠回しにルネッタを売ると言ったことで王はご機嫌だった。まーじで胸糞悪いお父様に、ソフィの顔は引きつりそうだ。

ソフィーリアは、自分が何を言われても、またかとなんとも思わなかった。はいはいそうですねーと聞き流して、いつだってにっこり微笑んできた。

なのにソフィは、ルネッタを嗤《わら》い、ヴァイスを嗤う、この王の声が、目が、顔が、不快でたまらない。ざわざわと、むかむかと、込みあげるものを堪えるのに必死だ。

ぽかぽかと暖かい胸の魔力がなければ、うっかり嫌味のオンパレードになっていたかもしれない。危ない危ない。

「良かろう。それの働きによっては、これ以上、あの国へ手出しはせぬ。我々は蛮族ではないのだから」

思考停止して武力行使してんだから蛮族でしょう、とソフィなんぞは思うんだがな。いやあ、高貴なお方って何を考えてるのかわっかんないね！

上機嫌なゴミ虫王様に、ソフィは恭しく頭《こうべ》を垂れ、そしてもう一度顔を上げた。

「それで、何をお望みなのでしょうか」

「あの部屋をどうにかしろ」

「あの部屋……？」

ソフィが呟くと、ああ、とルネッタがゆっくりと顔を上げた。

真っ黒の瞳が、黒い影をのせて、瞬きをする。

「そうだろうと、思いました」


――そして、今。

ソフィは白いローブの男、ティベウスとやらと、他の魔導士に連れられてながい階段を下りて下りて下りていた。

縄は、この階段へ続く扉を開けた後にほどかれた。転ぶと面倒だと思われたのか、ここから先は逃げようがない、と思われているのか。安心はできないが、歩きやすいのは良いことだ。

コツコツと、複数人の靴音が重く響いていく。響きが重なり、反響すると、世界からまるきり切り離されたかのようで気分が悪い。

しかも、階段を下りるほどに、重たく、首を絞めるような、暗い魔力が伸《の》しかかるように濃くなっていく。

あの部屋、とやらはこの下なのだろう。

「……あんた、平気なのか」

吐き気を堪えているのか。ぐ、と口元を押さえたティベウスに聞かれ、ソフィは微笑んだ。

「ルナティエッタ様がかけてくださった保護魔法がございますから」

これは嘘ではない。出発前に、アズウェロとルネッタが丹念に魔法をかけてくれた。全員に施されたそれは、並大抵の攻撃ではびくともしないだろうという、言わば装甲だ。

魔力の圧に不快感はあれど、男のように足を止めるほどではない。結局、階段を下り切ったのは、ソフィとルネッタだけだった。

そこにあったのは、部屋の半分を仕切る、大きな、鉄格子だ。

真っ黒で、冷たい、重たい、鉄格子。

真ん中の大きくひしゃげた穴が、鉄格子にいくつも張っている破れた魔法陣の札が、天井からぶら下がった魔法石を繋げた悪趣味なネックレスのような飾りが、その全てが異様だった。

——まるで、牢屋《ろうや》から何かが逃げ出したみたい。

ルネッタは、ひしゃげた鉄格子の中にすいと入る。それから、中を見渡し、視線を上げた。

壁のはるか上には、よく見ると、鉄格子付きの四角い穴が開いている。窓のつもりだろうか。とてもじゃないが、窓とは到底呼べないそれを、ルネッタは、静かに見上げている。

まるで、いつも、そうしていたかのように。

「……ルネッタ、ここは……？」

「ここは……」

鉄格子の向こうには、簡素なベッド、机、そして、たくさんの本棚。

言わないで。

違うと言って。

そんなソフィの願いは、いともたやすく切り捨てられた。

「私が育った部屋です」

四　やさしいひと

ルネッタは生まれてから長い間、乳母にしか名を呼ばれたことがなかった。

この乳母が名を呼ばなけりゃ、ルネッタは自分の名前も知らんかっただろうなあ、と思う。

それが不幸なことだと知ったのは、随分と後になってからなのだけれど、正直、今もあんまりルネッタは自分が不幸だとは思っていない。

まあそりゃな。不満がないこたなかったけれど、そういうモンだと思っていたからなあ。

ヴァイスに怒っていい、嘆いていい、悲しんでいい、そう言われたものの、ルネッタとしては、はあまあそうなんですね、と。それっくらいの気持ちだ。

王の手を振り切ってヴァイスの城で暮らすようになって、自分がいた場所はなんかおかしかったんだなあと心がざわつくこともあるけれど。それっくらいだ。まあいっかって。頭はすぐに切り替わった。

だってそんなことよりも、毎日のように驚くことがあって、もうなんかルネッタの頭はすんごく忙しかったのだ。考えなくっちゃいけないことがこんなに多いなんて、びっくりだ。普通の人は、一日中魔法のことだけ考えていればいいってわけじゃないんだって。普通の人ってすごいんですね、と思わず漏らしたルネッタに、ヴァイスは「馬鹿か」と言った。意味がわからん。誰が馬鹿だとルネッタが静かに腹を立てると、なぜだか笑われたのでますますもって意味がわからんルネッタであった。

ヴァイスの言うことはそもそも、難解なのだ。

なんで、どうして、とルネッタが聞くと嫌そうな顔をするくせに答えてくれるから、まあ、有難いんだけど。

ヴァイスと出会ってから、当たり前に名前を呼ばれることとか、なんだかいっぱい食事をしなくちゃならんこととか、毎日色んなドレスに着替えることとか、黒いドレスは普通着ないこととか、好きな場所に出かけられることとか、知らないことばかりで、もう、忙しい。目がまわる忙しさってやつだ。

実際ルネッタは慣れるまで何度か倒れた。ヴァイスはそのたびに、「無茶をするな」とルネッタのベッドの枕元でプリプリと怒っていた。

ちっともじっとしていない王様のくせに、一日中枕元でカリカリ書類仕事してさ。変わってんだあの人。

そんな時間を思い出すだけで、なんだかムズムズしちゃうルネッタもすっかり変わっちまった。だって、どう考えても自分の処理能力を超えているのに、ルネッタはそんな日々が嫌じゃなかった。いやあ、びっくり。いっぱいいっぱいなのに、それが、ちいっとも嫌じゃないんだ。

失敗して、やっぱり部屋から出るべきじゃなかったって怖くなったりすることもあるけれど、でも、多分、これが楽しいって感情なのだろうな、って。

気づいたことが、問題だった。

楽しいな。嬉しいな。そんな風に思うことに、ルネッタは、後ろめたさを感じている。

背中から誰かに見られているような、心臓をそっと、冷たい手で撫でられるような、そんな気持ちだ。

心が温かくなった瞬間に、「許されるわけがない」と、心臓を、冷たい両手に包まれる。

そう、許されるわけがないのだ。

この部屋を取り残して一人で逃げるなど、許されるはずがない。きっと一生、心はこの部屋にある。

だからルネッタは、ルナティエッタは、ここに戻ってきた。

「ルネッタ……？」

震えるような声に、ルネッタは振り返った。

ソフィが、茶色の瞳をまあるく見開いてルネッタを見ている。

ソフィの瞳は、ヴァイスの城で飲む紅茶みたいに、艶々したやさしい色をしているので、ルネッタは好きだなと思っている。

これが「好きだ」という気持ちなのか、本当のところは自信がないというか、よくわかっていないルネッタなのだけれど。

ルネッタにとって「好き」は、楽しいや嬉しいよりも難しい。自分なんぞがそんな風に思うことは、身の程知らずじゃないかと。何様だと。ルネッタは思ったりするわけだ。

でも。

嫌な気持ちにならなくて、もっと見てたいな、とか、もっと欲しいな、とかそういう風に思うものが「好き」って気持ちで、そんなモンは自由で良いんだと言ったのは、ヴァイスだ。

だからルネッタは、「真面目だなお前。んなもん定義付けしなくていーんだよ。テキトーだテキトー」と笑ったヴァイスの笑顔を好きだと思っているし、優しいソフィを好きだと思っている。

そんな優しいソフィを連れてきてしまったことを、ルネッタは今更に申し訳なく思った。ちょっと考えればわかるのにな。

ソフィの、日差しの下で見る木の葉のような緑の髪は、ルネッタの青白い肌と全然違うぴかぴかの肌は、こんな薄暗い場所に不似合いだ。きっと嫌な思いをさせている。きっと嫌われてしまう。好かれている、なんてそんな思い上がるほどルネッタは阿呆じゃないけど、でも、でも、

「……ルネッタ、わたくしも……わたくしも、そちらに行って、いいかしら」

「え」

すごいことを言う人だなとルネッタは驚いた。

え、だって。ここ。ここですよ。冷たい石みたいな床に、古びた机、くたびれたベッド、本棚、それしかない。ソフィのような普通の、綺麗なお姫様がいていい場所じゃない。違和感というか、申し訳なさというか、そう、居たたまれないので、やめてほしいなあとルネッタは首を振った。

「寒いし、汚いですよ」

「だからですよ」

なんだろうな。

なんだろう、とルネッタは首を傾げた。

来てほしくない、と思うのに。ソフィが、だからだ、と微笑む顔を見て、嬉しい、と思ってしまう。自分たちが触れちゃならんと思うのに、近づいてくるソフィに「来るな」と言えんのだ。

嫌わないで。側にいて。なんて。

「あ」

ソフィは、ルネッタがそうしたように、大きな穴からよいしょと、鉄格子をくぐって入ってきた。

ルネッタは、どうしていいかわからなくて、ぎゅう、と胸元を握った。

「……ねえ、ルネッタ」

ソフィの声は、優しかった。

ルネッタが、のろのろと顔を上げると、ソフィの瞳が細められる。

蜂蜜を垂らした紅茶みたい、とルネッタは瞬きした。いつもルネッタに「お茶にしましょう」と笑いかけてくれて、「ルナティエッタ様、蜂蜜お好きですよね」って綺麗な侍女が淹れてくれるお茶だ。彼女がそう言うから、そうか自分は蜂蜜が好きなのか、ってルネッタは気づけたんだ。

「今、ここで何が起きているんですか？」

今、今。今、そうだ。今だ。

この部屋をどうにかしろと。国に呪いが蔓延《まんえん》していると、言われて、ルネッタはここにいるのだ。みんなにも、外を見せてあげること。全部ぶっ潰すこと。

それが、今のルネッタの役目なのだから。しっかりしなくては。

ルネッタは落ちてきた髪を、肩の後ろに払った。

「……私たちは、生まれた時から魔女でした」

さて、どこから語ったものだろう。

ルネッタは、話すことにまだ慣れていない。うまく話せるだろうか。きゅっと左手で右手を握った。

「国殺しの魔女。それが、私たちの名前。それが、私たちが生きる意味でした」

「……ねえ、ルネッタ。私たちって、貴女が時々言うそれが、関係あるの？」

「……そう」

ソフィは、静かにルネッタの言葉を待っている。

ルネッタとアズウェロの魔法が効いているんだろうか。想《おも》いと魔導力が渦巻く場所にあっても、ソフィの微笑みが変わらないことにルネッタは安心した。

「私は、国殺しの魔女は、何人も、何人も、数えきれないくらいここにいました。私のように名前がある魔女は一部で、ほとんどの魔女が名前を持っていませんでしたが、どのみち国殺しの魔女は一人しかいないから、問題はありませんでした」

「その時代に一人、ということ？」

「そう、そうです。国殺しの魔女は、王族に一人、突然生まれます。一人生きている間は、次は生まれません。死ねば、また次が生まれる。その時代に一人だけ生まれる、禍《わざわい》の魔女、黒い髪と黒い目の魔女、それが国殺しの魔女です」

王妃の腹から出た瞬間、目を開けた瞬間、ルナティエッタは王女ではなくなった。

黒い髪と黒い目の王女は、代々そうして、なかったことにされてきたのだ。

「髪と目の色が、違うと、ただ、それだけで……？」

「……そうとも言えるし、違うとも、言えます」

難しい、とルネッタは言葉を探した。

髪と目が黒いからハイ国殺しの魔女誕生！　ってそれは間違いじゃない。でもただ色が違うってだけじゃなくて、本当に、ルネッタたちは特別だった。誰よりも強い魔力を持って生まれてくるのだ。

まるで、魂に刻みつけられたように。

「ずっとずっと昔。始まりの魔女は、髪と目が真っ黒で、恐ろしいほどの魔力を持っていたそうです」

魔女の名前は、サーネット。美しい容姿と声を持った彼女の名は、この国では忌み名として扱われている。誰ももう、名前を呼ばない、始まりの魔女。

「……恐ろしいほどの魔力を持ち、同時にとても恐ろしい魔女であった彼女は、国を乗っ取ることを企み王に呪いをかけ、その罰を受け処刑されたと言われています」

「処刑……」

はい、とルネッタは頷いた。

「そのすぐ後、一年間もの間、毎日雨が降り続け、洪水、土砂、飢饉《ききん》と国は大荒れしたそうです。……人々は魔女の呪いだと恐れ、ようやく全てが落ち着いた頃、次の魔女が生まれました」

金色の髪と目の両親から、ありえない色を持って生まれた二番目の魔女。彼女には、すぐに特別な部屋が与えられた。

「彼女もまた、国を呪って処刑され……そしてやはり、その後一年間、次の魔女が生まれるまで、雨は止まなかったそうです」

そうやって繰り返すうちに、人々は気づいた。

魔女が死ぬと、呪われるのだと。

ならば、少しでも長生きさせなくてはならないと。

一年でも、一日でも長く。目の届く場所で、けれど誰にも目のつかない場所で。ひっそりと、生かさなくてはならない。

「病死でも、他殺でも、自然死でも駄目だったそうです。何代にもわたって、王は厳重な封印魔法を開発し、少しずつ死の呪いは薄れ、魔女が生まれる間隔は空いたそうです。……それでも、魔女は生まれ続けました」

どんな気分だろうなあ、とたまにルネッタは思う。

国殺しの魔女を産む気持ち。

名前を考えて、生まれるその日を指折り待って、けれど腹で育っていたのは歴史に残る悪魔だ。自分と似ても似つかない、絶望の色を持って生まれる我が子を見た母は、何を思うだろうか。

ルネッタの母は、数年間魔女が生まれることはなく、姉が母そっくりのそれはもう美しい少女であったから、油断していたんだって。

名前を考え、手編みの靴下をこさえ、それで、ルネッタはたった七か月で生まれたそうだ。ルナティエッタという名が忌み名になった瞬間、ルネッタの母は自死を選んだらしい。まあ一命を取り留め、今も元気に生きているけれど。

一度だけ会ったことがある母は、ルネッタと全く似ていない美しい人だった。うん、まあ、多分だけど。自分と乳母しか知らなかった当時のルネッタは、美しいの定義がよくわからんかったが、キラキラしていたからあれが美しいってことなんだろうなあと思っている。

ほら、宝石とか朝日とか、人が綺麗だっていうものは大抵、キラキラして眩しいから。そうなんだろうなと。ヴァイスが聞けば、そんなんに定義はねぇ、と眉を寄せるんだろうな、と思って。ルネッタはなんだかヴァイスに会いたくなった。へんなの。

ルネッタは、本棚にぎっしり収まった、ボロボロの本の背表紙を撫でた。たくさんの魔女が残した手記。それは、ルネッタに魔法を教えてくれた魔女たちそのものだ。

「……国が平和であるために、私たちはここで生きて、呪いが発動しないように死ななくてはいけなかったんです。……長い、長い年月をかけ、何人もの魔女が静かに死ぬ方法を探しました。でも、誰も成功しなかった。何重にも封印が施されたこの部屋で、たくさんの魔女が死に、そのたびに国は揺らぎました」

ここが魔法を扱う者だけの国でなければ、それこそ国は本当に死んでいただろう。魔女が何代も研究を繋いできたように、国民もまた、何代にもわたって国を繋いできた。

ルネッタは、人差し指をよいしょと差し込み、一冊の本を抜き出した。

それは、何十人目かの魔女の手記だ。

この魔女の字は、汚くて少し読みづらい。ちゃんと字を教えてもらえなかったらしいのだ。なのに、とてもおもしろい魔法をたくさん思いつく魔女で、びっしり書いているから本当に読みづらい。読みづらいのに、読みたくなるところが良い。ルネッタは読みづらい魔女、と呼んでいる。

「私たちは、何度も国を殺しかけた、恐ろしい魔女です。だから、国殺しの魔女と呼ばれているんです」

「違うわ」

はっと顔を上げて振り返ると、ソフィはぎゅうと眉を寄せ、顔を真っ赤にしていた。

「ぐ、具合が悪いんですか……?」

「……違う、違うわ。違うわよルネッタ!」

「え、ええ?」

なんだろう。自分は何かしたんだろうか。いや、変な話を聞かせたせいだきっと。

どうしよう、とルネッタは頭を回転させるけれど、ルネッタに魔法のことならなんでも教えてくれた先輩たちは、背後の本棚でひっそり沈黙している。

そりゃあそうだ。命令でも懲罰でもなく、自分でこの部屋に入ってきた人なんて、今までにいなかったのだから。国殺しの魔女が何百人束になっても敵わない綺麗なお姫様は、「違うのよ」と涙を零した。

え、涙？　うん、涙だ。うそ、え、泣かした。泣かしてしまった。どうしよう。ルネッタは混乱した。大混乱だ。

あの夜。

他国で開催される夜会だなんて、意味のわからない場所になんだか勢いで参加してしまったルネッタは、あちこちで、ヒソヒソといやーな感じで見られていた。

それくらいなんてこたないし、隣でヴァイスは「お前有名人だな」と笑っていたので、気にもしていなかったけれど。

ソフィは、そんな中で、キラキラ光る宝石とドレスで、流れるようにお辞儀をして、優しい声で「お会いできて光栄です。何かお困りのことはありませんか？」と微笑んでくれたのだ。場違いなルネッタを笑うことなく、本当に心配そうに、優しく声をかけてくれたのだ。

完璧で優しい、お手本のような綺麗なお姫様。

そんなソフィが！　泣いている！

あわあわと本を抱えたままルネッタが手を伸ばすと、ソフィは「違うのよ」とルネッタの手を握った。

何が違うんだろうか。何だろう。どうすればいい。もしかして寒いんだろうか。毛布をかけた方が良い？　いやでもこの薄い毛布は、城を逃げ出してそのままだからきっとカビ臭くて汚い。いつもルネッタは浄化魔法をかけていたけど、今そんなことをしている人はいないだろうし。じゃあ魔法をかけて暖めてあげたらいいのか？　困った。困ったぞ。

ルネッタは、むむむ、と眉間に皺が寄っていくのがわかった。へーか。

そっと心の中で唱えてみる。返事はない。当たり前だ。

ソフィは、ぐいと涙を拭いた。

「具合が悪いわけじゃない、貴女が、悪いわけじゃない、貴女が、貴女たちが、悪いことなんてないのよ……！」

「え」

ルネッタは、ぱちん、と瞬きをした。

「貴女たちは、いつでもここを逃げ出せた。仕返ししてやることだってできた。でも、しなかったんでしょう？　ここを逃げ出す方法じゃなくて、自分がっ」

ぐ、とソフィは唇を噛み、涙を零した。

「自分が、死ぬ方法を、次の魔女を産まない方法を、探し続けたのでしょう？　自分に、王族の、責任があるから……！」

「え、」

すごいな、とルネッタは瞬きした。

すごいな。ソフィは、すごい。ヴァイスもそうだった。

ルネッタは全然ちっともうまく喋れないのに。

どうして、つい数日前まで、知らない国の知らない誰かさんだった人が、ルネッタたちの声を拾ってくれるんだろう。

ここで生きていた魔女の誰もが、何も恨んでいなかったことを、誰も呪っていなかったことを、どうやってもルネッタたちは伝えられなかったのに。誰にも、わかってもらえなかったのに。

ねえ、みんな！　ソフィはすごいでしょう？

ルネッタは嬉しくなって、片手に抱いた本をぎゅっと抱きしめた。

「だって、それでも、私たちはこの国の王女だったんですよ」

五、腹から声を出す

笑わないで。

嬉しそうに、誇らしげに、ルネッタが微笑む顔を見て、ソフィは唇を噛んだ。

ルネッタの笑顔が見たかった。

それは嘘じゃない。

そりゃあ、笑えば良いってもんじゃないし、笑顔じゃなきゃ駄目ってわけでもない。どんなだってルネッタはルネッタで、魔法が大好きなやさしい魔女さんであることに変わりはない。

でも、笑ったら可愛いだろうなあって。笑顔が見られたら嬉しいなって、ソフィは思った。ヴァイスの隣で、にこにこ笑うルネッタが見られたら嬉しいなあって。ソフィがそう思った気持ちに、嘘偽りはないのだ。

けれども今、ルネッタの綻ぶような笑顔を見て、ソフィの胸はひどく苦しい。そうじゃないだろうって、息苦しくて、涙が溢れる。

「ルネッタ……！」

冷たくて寒い怖い場所。ぼろぼろの本を抱いて。こんな悲しい場所で、「王女だった」なんて、笑わないでほしい。

だって、そんな、国のために、誰も恨まず呪わず、ただ己が死ぬ日だけを考えて生きてきた人たちが、「王女だった」？　己の幸福より誰かの幸福を願って生きた人が、王女に相応しくないなどと、許されるものか。

恐ろしいのは、ルネッタがそこにちっとも疑問を抱いていないことだ。

こんな場所を部屋と呼ぶことも、ここで生きて死ぬことだけを考えることも、何一つ、何一つとしておかしいと思っていないことだ。

それが、当たり前だと思っているから。

それが、国殺しの魔女だから。

それが、王女だから。

それが、自分の役割だから。

「……っ」

それは、まるで、ソフィーリアのようだった。

誰に嗤われても両手が空っぽでも、不思議にも思わなかったし、それは自分が無価値だからだと思っていたし、人と同じものを望むなど心得違いだと。ずっとずっとソフィはそう思ってきた。

生まれた時からそうだったから？

それはそうだ。おかしいと気づいたのは、外の世界を知ってからだもんな。普通を知らなけりゃ、異常もわからん。

では、おかしいと気づいてからも、なぜ仕方がないと諦められたんだろうか。

言っても無駄だから？　自分を信じるに値する根拠がないから？

違うだろう、とソフィはルネッタの細く白い指を握る手に、力を込めた。そうだけど、そうじゃない。根本が違う。もっと奥深く、眠らせた答えは、そうじゃない。

——ただ、楽だったから。

自分は人と違って価値のない生き物だから、人と違っても仕方がない。人の何倍も努力をして当然。好かれるなどと思うな。好かれたいと思うな。自分は好き嫌いの感情なんて持てる上等な生き物じゃない。わきまえろ。

そう言い聞かせていれば、楽だったのだ。

これが自分の役割。そう思えば、生きることを許されているようで、息ができたのだ。誰も憎まなくて済んだのだ。

そうか、とソフィは涙を零した。

リヴィオはきっと、こんな気持ちだった。

いつもソフィを心配して、やさしく笑ってくれるあの騎士は、ソフィが普通でいられるようにと心を砕いてくれる。それはきっとこんな風に、ソフィが諦めたソフィを諦めていないからだ。

同情？

そうかもしれない、なあんて。言う奴はおめめかっぴらいて見てほしい。あの溶けるような笑みを。あーんなもん向けられて「彼は優しいだけよ」なんて言えるほどソフィはお綺麗でも世間知らずでもない。思い知れ、といっそ暴力的な優しさを、恋と呼ばずしてなんと言おう。

では、ソフィがルネッタへ抱くこれは？

ああそうさな。ソフィがルネッタを想うこれは、自分を重ねたお粗末でみっともない自己愛だ。優しさなんてモンから、徒歩数年、船数年の大冒険をするくらいに遠い場所にある、ちっちゃな島だ。水も食料もろくに手に入らんようなつまらぬ島。誰も見向きしない、おもしろみも豊かさもない島。

でも、羽を休めるくらいは、できる島だって思いたい。

「貴女たちは、誰が何と言おうと、この国を守るために戦い続ける王女よ」

自分に言い聞かせているだけかもしれない。

わたくしは、誰が何と言おうと、国のために生きた次期王妃だった、なんてね。

ははあ、浅ましや。いつの間にやらソフィは自惚《うぬぼ》れ屋さんになっちまったらしい。まいったねこりゃ、とっても良い気分だ。そう、気分が良い。

だって、ルネッタのために「間違っている」と、はっきりと言ってやることができるんだもの。

そうだね、仕方ないねなんて、死んだって言ってやるもんか。

それを言うために自分を肯定しなきゃならないなら、ソフィは自惚れ屋だって笑われて構わない。

「誰にも遠慮はいらない。胸を張って、自信を持って、言えばいいのよ。この国の王女だと。だから、こんな国は捨ててやるのだと」

「……捨てる」

「そう、疲れて逃げ出して、何が悪いっていうの？　だって、頑張ったんだもの」

「…………がん、ばった」

「頑張ったわよ！　貴女たちみんな、もう十分すぎるくらいに頑張って頑張って、頑張ったのよ。だから、逃げたって、休んだって、全部捨てたって良いのよ！」

笑えるよな。誰が誰に言ってんだって話。

ソフィは、ルネッタのことなんて、ここで死んでいった魔女たちのことなんて、なーんにも知らんくせに。話を聞いて、わかった風に泣きわめているだけのくせにな。

でもさ、ソフィは、ルネッタの心の動きが手に取るようにわかってしまうんだ。気持ちがわかります、なんて無責任なこと言いたかないけどさ、わかっちゃうんだよ。

自分なんか、がきっと口癖のルネッタの心が、だから、ソフィは腹立たしくて、ルネッタは素敵な女の子なんだって、他ならぬルネッタにわかってほしい。

「……ソフィ、へーかみたい」

ふ、とルネッタは小さく息を吐くように言った。

笑ったのかな。わからない。わからないけど、張り詰めたような空気が和らいだ気がして、ソフィは笑った。

「光栄だわ」

「……嘘です。ソフィの方が可愛いです」

「まあ」

可愛いのはどっちだ！　ソフィは涙を拭いて、握ったままのルネッタの手を離した。

ルネッタのほっそりと美しい指は、両手で本を抱えた。擦り切れて、端が破れている本を、大事そうにそっと抱えて、ルネッタは目を閉じる。

壁一面にびっしりと並ぶ一冊一冊が、きっとルネッタの先生だったんだろう。ソフィは、小さな机に座るルネッタの背中を想像した。

机のずっと上の方に、到底手が届かない場所に、四角い穴がある。

鉄格子が嵌められた、窓と呼べないそこから差し込む光や吹き込む風を浴び、ルネッタはこの本たちと、たくさんの魔女たちと過ごしてきたのだ。魔女に魔法を教わった。だから、ルネッタは魔女だ。

「……ソフィ」

「はい」

目を開けたルネッタは、透き通った真っ黒の瞳でソフィを見上げた。

「私が結界を壊して逃げたせいで、魔女たちの想いが渦巻き、この部屋から漏れ出しています。抵抗力のない人は耐えられないでしょうから、これを呪いだと言うのなら、呪いなんでしょう」

なるほど。一緒に階段を下りていた魔導士が、途中で体調を崩したのも、ルネッタがここに連れてこられた原因もそこにあるわけか。

「だから、みんなも外に出してあげなきゃ」

「はい。みんなで、お出かけしましょう」

「お出かけ?」

「お出かけです」

お出かけかあ、とルネッタは振り返った。壁にずらりと並ぶ本を眺め、隙間なく並ぶ背表紙をそっと撫でる。

「……ソフィ、手を貸してくれますか」

「わたくし?」

こくん、と頷いたルネッタに手を握られる。さっきと逆ね、と笑うソフィに、ルネッタは「回復魔法を本にかけてください」と再び頷いた。

「え」

「本に、回復魔法をかけてほしいんです。ここには、魔女の想いがたくさん渦巻いているから、ソフィのあったかい魔力をわけてください」

「え、ええ……」

ソフィの回復魔法って、あれだぞ。あれだ。あれって、その、あれだ。恋に浮かれ舞い踊る春の化身たる、あれだぞ。

「……いいの……？」

「？　はい。駄目ですか……？」

「駄目じゃない！」

駄目じゃない。全然ちっとも駄目じゃない。駄目じゃないンだけどさあ！　まだソフィは自分の回復魔法と和解できてないわけでして。使うのはどうにも躊躇われるのだけれど、ここで断れる人っている？　いたら人間じゃないよね。ってことで。羞恥心など捨て置けソフィ。

「頑張ります！」

「はい、お願いします」

ソフィが頷くと、ルネッタもこくんと頷いた。

それから目を伏せると、ルネッタの黒い髪と瞳が、赤く光り始める。ソフィは、ふう、と息を吐いて、自分も目を閉じた。

ルネッタの魔力の流れを意識しながら、目の前の本棚の魔導力を観察する。

重苦しい空気は、不思議と随分落ち着いていていた。

どちらかというと、こちらを窺うように、不安に揺らいでいる。なんだろう、迷子のようだ。

ああ、そうだ。外に行きたいんだ。本当はずっとずっと、みんな外に出たかった。そりゃあそうだ。それを望むことは許されないと言い聞かせて、責任と覚悟で繋がれていただけ。でも、ねえ、大丈夫。ソフィは目を閉じたまま微笑んだ。

「……大丈夫です。私が、最後の魔女になってみせるから」

ね？　ほら、ルネッタは最高の魔女なんだもの。

ソフィに最高の騎士がいるように、魔女たちには最高の魔女がついている。

「行こう」

ルネッタの声が合図のように、ドン、と足元が揺れた。

大きな音、衝撃、爆発するような魔力。

ごお、と風が吹き荒れて、でも髪を揺らし頬を撫でる風は、とても柔らかであったかい。穏やかで不思議な空気が、ソフィの髪を揺らした。

ソフィは、そっと目を開けて、それで、驚きに目を見開いた。

まあ、なんだ。随分と風通しが良くなったな。

いいな、これ。視界がさっぱりしている！　鬱屈とした壁も家具も本棚も、どこにもない。

どこまでもどこまでも広がる青空に、胸が空くような思いだ。

バサバサと、たくさんの紙が宙を舞う様子は、まるで紙吹雪！

「綺麗ね、ルネッタ」

「……はい」

はい、とルネッタは手に残っていた一冊を空にかざした。

するとふわ、と紫がかった青い光が本を包む。本は、パラパラとほどけるようにページが外れ、空に舞った。

どこに行くんだろうな。

どこまででも、どこへでも行けたらいいな。

ソフィが祈るように見つめる先で、たくさんの文字が書き込まれたページが透けるように消えていく。

気づくと、ぽっこりと欠けるように穴が開いた、なんだか滑稽な場所にソフィとルネッタは手を繋いで立っていた。

地下に続くような階段だったけど、そういえば天井が高かった。

上に部屋はなかったのかしら、とソフィは見上げる。わあ、空が綺麗。お天気が良い。あったかいし。まあ良いか。良いか？　良いよな。

ソフィが、ふふ、と思わず笑うと、胸が燃えるように熱くなった。

「っ」

『主、来るぞ』

「え」

何が、と問う間もない。

瞬きをする合間に、白く光る大きな魔法陣が現れ、轟音が響き渡った。

バリバリと青白く光る、これは、雷だ。

当たればきっと命はなかった。

「は、」

どくどくと心臓が音を立てる。息をそっと吐くと、ルネッタが「有難うございます」と小さく言った。

「アズウェロの防御魔法ですね。見えないようにとソフィと同化してもらっていて助かりました」

「な、なるほど……」

魔法初心者のソフィにはちっとも事態が把握できん。何が起こっているのかさっぱりだが、頼りになる魔女と神様が状況を解説してくれた。

『微々たるものだったが、部屋に残っていた結界が吹っ飛んで……怒り心頭といった様子だな』

輝く金髪を風に乗せる国王様は、確かに恐ろしい顔でこちらを見ている。

びりびりと肌を焼くような魔力に、ソフィの足がすくんだ。

「……陛下、一体、何事ですか」

ソフィは、声を絞り出した。

王は、「こちらのセリフだ」と、唸《うな》るようにソフィを睨《にら》む。バチッと雷が小さく弾けた。

「この場所がなくなるということが、どういうことがわかるか……！　今度こそ国を殺す気か魔女共め！」

魔女共？　わお。ソフィも魔女にされた。光栄だね。

ソフィは震える足に力を入れて微笑んだ。

「国は死にません。ルネッタは国を救う魔女になるんですから」

「……ソフィ……」

ルネッタの声にソフィが微笑むと、王は目を見開いた。それから眉間に皺を入れ、は、と口の端を上げて笑う。

人を心底馬鹿にした、嫌な笑い方だ。目に映る人間全部見下してそうだな。

「救う？　それが？　ありえない！　何人の王が、魔導士が、魔女の呪いに殺されたと思っている！　それは逃がしてはならないのだ。お前に王族の自覚はないのか？　お前が勝手をすれば国は死ぬのだぞ！　お前は国のために、ここで生きて、ここで死ぬのだ!!!」

「っ」

ルネッタの身体がこわばったのが、繋いだままの手からわかった。ソフィはぎしりと歯を食いしばる。

こいつは、こいつらはそうやって何代も、黒い髪と目を持つ王女を縛ってきたのだ。たった一人の女の子を、たった一人にして、悪に仕立て上げてきたのだ。

「っルネッタ！」

怒りに震えるソフィの手が、突如ルネッタの手から離れる。

見えない手に握られるように、ルネッタの身体が持ち上がった。

「っ、は、」

苦しそうにもがくルネッタの指が、見えない何かを掻《か》く。さすがはルネッタの父。詠唱せずに魔法を使えるんですね、なんて笑えるかくそったれ。

「アズウェロっ！」

「無駄よ。貴様、今まで気づかなかったが、何か飼っているな？　私の前で、ふざけた真似ができると思うなよ」

ははは、と笑う顔の方がよっぽどふざけているだろう。ふざけるの見本市。みなさーん、こちらが世界で一番、ふざけている男。ベストオブふざけ男爵。あ、王様だった。ベストオブおふざけ王様だったわ。ハイ皆さんちゅうもーくってね。血の繋がった娘を吊《つ》るし上げといて、よくもまあ笑えるもんだよな。これが王？　まったくお話にならない。

悔しくって、涙も出やしない。

「アズウェロ」

『……だめだ、主の身体から出られぬよう結界を張られたな。私の保護魔法に似せた結界だ、破るには時間がかかる。生意気な……！』

何が悔しいって、苦しむルネッタを助けてあげる術がないことだ。

回復魔法と、防御魔法。たったそれだけしかできないソフィに、何ができるだろう。アズウェロが言っている意味もわからないのに、どうしたらいい。どうすればいい。

「ルネッタを離して！」

『主っ』

愚策だ。阿呆だ。間抜けだ。無謀だ。わかってる。わかっているのに、ソフィは我慢できずに走り出した。馬鹿だなって自分でも思うのに、王に飛びかかろうとして、身体が固まる。

「っ」

「どいつもこいつも、使えぬ屑ばかりだな」

足が宙に浮く。高いとこやだなあ、なんて余裕はない。ソフィの身体は、ぎしりと捩《よ》じるように持ち上げられてしまう。雑巾絞りさながら。ぎりりと痛くて、苦しくて、何もできない。悔しい。悔しい。悔しい。

悔しい。

大丈夫だよって偉そうに魔女たちに言ったけれど、ソフィは実際のところ世界をまだなんにも知らない。美味しいも楽しいも悔しいも大好きも、全部教えてもらったばかりの、なんにもできない小娘だ。

「……そうよ」

そう、そうだ。

全部、教えてもらった。一人じゃない。欲しがっていい。言っていいんだって。

ソフィは、教えてもらったんじゃないか。

それで、声の出し方ならソフィは知っている。何年も鍛え抜いた。これだってソフィの大事な武器だ。なんてったって、これが全部の始まりだもの。息を吸え！　さあ！　大声を！　さあ！

「助けてリヴィオっ！」

六、引力には抗えない

「もしかして慣れてます？」

スタスタと歩くヴァイスに、リヴィオは後ろから声をかけた。

ぼっこぼこにしてやった白いローブの男の転送魔法は、城にある専用の部屋に繋がっていた。ヴァイスとリヴィオは、男の帰還を待っていた魔導士が叫んだり魔法を使ったりする前に叩きのめし、奪ったローブで城内を歩いている。

疑われないようにとルネッタが回復魔法と浄化魔法をかけた男は、ルネッタとソフィを縄で縛り「拉致成功」という体《てい》で王のもとへ行った。縄がソフィの身体を二周したあたりで、男をぶん殴りそうになったリヴィオを止めたヴァイスの足取りは軽い。初めて城に来たと思えない後ろ姿に問いかけると、ヴァイスは「まあな」と小さく笑った。

「第一王女の誕生日パーティーに呼ばれた時に、偵察したんだ」

「パーティー？」

「ああ。和平を結ぼうという話でな。ついでに、良い魔導士がいれば和平の証として連れて帰るつもりで城内を偵察したんだ。そん時にルネッタと会ったんだよ」

「……へぇ……」

なんていうか、居直り強盗って感じだな、とリヴィオは白いローブが似合わない王様を眺めた。

他国の城を勝手に偵察して魔導士を引き抜こうとするなんぞ無礼にも程があるし、挙句王女様を連れて帰ったわけだろ？　で、どうもその時にひと悶着《もんちゃく》やらかしているらしい。おっかないなこの人。

まあ察するに、ルネッタをこの国に置いてはおけないとヴァイスが判断する何かがあったんだろうけれど。

「そもそも、なんで高飛車で外交嫌いで有名なこの国と、和平の話が持ち上がったんですか？」

「高飛車だからだろ。俺が力を付けていくのが気に入らなかったらしくてな。和平とは名ばかりで、自分に優位な条件を付けて俺を下に置きたかったらしい」

クソじゃん。

じゃあしょうがない。そんな連中は身ぐるみ剝がされても仕方がなかろう。命があるだけ感謝してもらわんとな。ふむとリヴィオが頷いていると、ヴァイスが立ち止まった。金ぴかの細工がされた、やたら豪華な扉だ。いかにも偉い人が住んでます、って感じの。

「見張りがいないんですね」

「城には魔法が張り巡らされてるからな。侵入されると思ってないんだろ」

なるほど。内部の者と一緒に転移魔法で城内に入ってこられる、なんてのは想定外というわけか。侵入者を想定していないとは、さすがは自分たちの力を過信している高飛車なお国だ。どうも有難う。

躊躇いなくドアを開けたヴァイスに続いて部屋に入ると、中もギラギラとしていて眩しい。やたら金ぴかの置物があって、白で統一されている部屋はリヴィオの趣味ではない。野蛮人に育てられたリヴィオは芸術だ美術だにとんと縁がないので、高貴なるお方の崇高なるセンスだと言われたらそこまでだけど。

「趣味悪《わり》ぃ部屋」

高貴なるお方であり野蛮人でもいらっしゃるヴァイスは、へっと鼻で笑ってズカズカと室内を歩いた。あちらさんが本当に趣味が悪いのか、ヴァイスが野蛮人たる証明なのか。どっちだろな。

おや。

ヴァイスが歩いた後には、真っ白のカーペットに土が付いている気がするが、まあ気のせいだろ。リヴィオはぐしぐしと靴底を擦りつけてみた。森を歩いていたもんで、靴の裏に土が付いていたんだね。部屋の中央で土を落としちゃアレだろうから、入り口で綺麗にしておこうという配慮である。嫌がらせだなんて、そんなそんな。リヴィオが本気で嫌がらせをしたらこんなもんじゃないぞ。言うなれば、あれ、ちょっとした悪戯だ。

「自分の実力を信じている者なら、人に渡したくないようなモンは自室に隠すと思うんだがな」

「なるほど。ヴァイス様の弱みを握りたい時は、ヴァイス様のお部屋に侵入すれば良いと」

「やってみろよ」

リヴィオの嫌味めいた冗談もなんのその。ヴァイスは、大人の余裕全開なシニカルな笑みをニヤリと浮べた。リヴィオはむうと口を尖《とが》らせる。

この王様、出会った時から気さくで、リヴィオをすぐからかう嫌な大人なのだ。王様なのに誰よりも前に立って兵を率いるし、たかだか騎士のリヴィオが憎まれ口を叩いても、こんな風に笑ってみせる。かっこいいんだよな、と思ってしまう自分が嫌なリヴィオはそうです子供です。むう。

「つーか。お前、外じゃヴァイスって呼べつってんだろ。いつまで様とか付けてんだよ」

ガタガタと机や棚を漁りながら、ヴァイスが眉を寄せた。寄せた、つってもこの人四六時中しかめっ面だがな。

「……やですよ」

「なんで」

恐れ多い。ってわけじゃあない。全然違う。リヴィオは王族様を無条件で敬うお利口さんではないし、ヴァイスのことはまあ嫌いじゃないけれど、どうしても敬称を付けて呼びたいほど信仰しているわけではない。無論、恐れでもない。本人が呼べつってんだから、本当に呼んだところで処罰されるこたないだろうし、ヴァイスはそんな器の小さな男じゃあない。

「お前も父親も、そこまで礼節を重んじるってタイプじゃねぇだろ」

「失礼な」

失礼だがまあ、その通りだった。

ウォーリアン家が栄えたのは、政治に強かったわけではなく、ただ物理的に強かったからだ。強い。ただそれだけで全てを許される家門。そんなウォーリアン家の長である野蛮な父、オスニール・ウォーリアンは物静かな騎士、というよりも面倒だから黙っているだけで王家への忠誠とかないだろうなと。息子、リヴィオニス・ウォーリアンは思っていた。家門を護《まも》るため、家族を護るため、そして国を護るために、不都合がないから大人しくしているだけ。ウォーリアン家の男ってのは大体そういう連中だとリヴィオは思っている。

そんなわけで、国境で大型モンスターの大量発生が起きた時。

共同戦線を張ったこの王様に「お前らウチの国に欲しいな」と言われても、慌てたのは騎士団長だけだった。普通の騎士なら、忠義を馬鹿にされたと怒ったんだろうが、ウォーリアン家はウォーリアン家なので。リヴィオは変な人だな、と思っただけだし、父は「お戯れを仰らないでください」

と慌てる騎士団長を他人事のように眺めていただけだった。

だから、まあ。うん。なんでヴァイス様って呼ぶかってのは、そういう、真面目な良い子ちゃんな理由じゃ、ない。

「だって」

「あ？」

「……ソフィ様のことも、まだ、ちゃんと呼べないのに、先にヴァイス様の名前を呼ぶのは、なんか、違うでしょう」

「…………」

あ、痛い。痛い痛い。視線が、痛い。

顔に視線が刺さるようだ。ていうか刺さってない？　これ。顔中穴だらけじゃない？　リヴィオが思わず頬に手を当てると、「おっまえ……」とヴァイスは震える声で言った。

「なんですか笑うなら笑えばいいでしょうどうせ僕は情けない男ですよ！」

「いや、」

どうせ笑うなら揶揄《からか》うならさっさとやってほしい。一思いに！　さあ！　やれよ！　まな板の上のお魚さん、或いは戦場で生き残った最後の兵士の気分で、リヴィオはヴァイスの顔を見た。手にしていた何かの像がピシリと音を立てたが知るか。いっぱいあるから良いだろ。

「おまえ、可愛いなあ」

「！」

いっそ馬鹿にされた方がマシだった。

眉を寄せ、くっくと肩を揺らす顔は、大人が小さな子供を見るそれだ。こんな屈辱があろうか！

リヴィオは、母親が大事にしている自分の絵姿を、祖父母に見られた時くらい恥ずかしくなった。普通の絵姿なら、家族思いの良いお母様だな、で済んだ。ところがどっこい。大らかで大胆でちと頭がおかしいウォーリアン家に相応しき母上は、幼いリヴィオニスにドレスを着せて描かせた絵姿を大事にしていらっしゃるのだ。百歩譲って大事にしとくだけなら良いが、見せびらかしてくれるな。「娘と一緒みたいで可愛いでしょう？」と嬉しそうに言う通り、髪の毛を描き足されているリヴィオニスと母は瓜二つで、剣を振り回すちっちゃな野蛮人とは到底思えない仕上がりの少女っぷりだった。

そんな絵を見た祖父母は、笑ってくれればいいものを、「なんて可愛いんだ！」と大絶賛しやがるのでリヴィオニスは恥ずかしさで死にそうだった。そっと肩を叩く弟のあの生ぬるい目といったら！

「……ヴァイス様こそ、どうなんですか」

「あ？」

なんとか一矢報いたい、とリヴィオは扉へ向かうヴァイスの背中に声をかけた。

ガチャ、と開かれたドアの先。広い部屋には大きなベッドがある。寝室のようだ。

「ルネッタ様です。どこに惹《ひ》かれて婚約を結ばれたのですか？」

淀《よど》みなく、ぐさりと枕カバーを引き裂いた暴君は、「はあ？」と眉を寄せて振り返った。

「一四も年下だぞ」

えっっっっっっっ

「え」

「えってなんだ。お前、じゃあ一四歳年下とどうこうできんのかよ」

「僕にはソフィ様がいるので」

「そういう話じゃねぇだろ」

まあな、とリヴィオは一応考えてみる。

リヴィオは一六歳なので、一四歳年下となると……うぉっ二歳か。

「……僕それヤバイ人じゃないですか」

「そういうことだ」

「えー。だって、ルネッタ様は二歳じゃなくて一七歳ですよ。結婚もできる年齢ですよ」

「お前、俺見てどう思う」

「え？」

どうって。

リヴィオは衣裳《いしょう》部屋から顔を出して、ヴァイスがマットレスをひっくり返して切り裂く狂気的な光景を眺めた。

お宝探しってより、快楽殺人者って感じだった。

目が合ったら諦めろ。絶対捕まるし、逃げた方が喜ぶぞそいつ。そんな感じ。

「……歩く有害指定物」

「真っ二つに折るぞ」

そういうとこだよ。とは言わんでおいた。

でも、なるほど。ふうん。ヴァイスの言わんとするところが、なんとなくわかったリヴィオは再び衣裳部屋に戻った。

「気が引けるんですか?」

「まあ、そういうことだ。婚約者として連れ出したのは、この国と縁を切らせるのにも、近くに置いて護ってやるにもちょうど良かったからだ」

意外と世話焼き、というか。

拾った動物も人も最後までしっかり面倒を見るタイプのヴァイスは、愛馬もモンスターに襲われていたところを助けたんだとか。帰るところがなかった仔馬《こうま》は、今や真っ赤な毛並みがそれは美しい、賢く強い名馬である。その成長ぶりからも、この男の性格がよくわかるというものだ。

「あいつはまだ、外をよく知らねぇからな。このままおっさんと結婚させちまうのは、あんまりだろう。お前らみたいに、好きな奴を見つけて、当たり前に幸せになるべきだ」

その好きな奴、が自分になる可能性ってのは微塵も考えてなさそうだな、このおじさん。

かわいそうな仔馬よろしく、拾ったからにゃあ面倒みねば、くらいで世話を焼いているだけでそ・・・ういう枠組みの中にルネッタを置いていないんだろう。

まあな。一四歳も年下の女の子を誰彼構わずそういう目で見るおっさん、ってのはちょっとしたホラーではあるが。じゃあ誰彼拘《こだわ》ってたら良いかというと、そういうことでもない。一四歳年下の黒髪で黒い目の子が好きなんだ!　とか変態じゃん。もしソフィが一四歳年上のおっさんにそんなん言われた日にゃ、リヴィオはソフィの目を一瞬で覆わねばならん。おっさんをミンチにする瞬間を見せるわけにはいかんので。でも。

ルネッタだから、と。

義理堅くて情に厚いこの王様が、ルネッタだから、と言うなら。それは誰も非難できないんじゃないの。とリヴィオは思うんだけど。

「……大事に想っていらっしゃるんでしょう？」

「まあ、表情がよく変わるようになったのは可愛いと思ってるよ」

え〜〜〜

リヴィオは金糸で刺しゅうがびっしり入ったキラキラなマントをぺいと放り投げながら、げんなりした。げんなりだげんなり。世界中のみなさんお聞きください。今の、「可愛い」。

リヴィオを可愛いと言った時と、おんなじ言い方なんですよこのおっさん。

リヴィオは、ルネッタの表情の違いなんざすこっしもわからんし、好きでもない女の子をあんなに甲斐《かい》甲斐《がい》しくお世話しない。なのに、ヴァイスのその可愛いには、リヴィオがソフィを想うような熱量がないのだ。

これは絶対、拗《こじ》れるやつ。

リヴィオは思った。むしろ拗れろ。

だって、なんかよくわからんが、ルネッタはこの国で良い扱いを受けていなかったみたいだ。敵ばかりの世界からある日、自分を連れ去ってくれて。国には帰らなくていいと婚約者にしてくれて。そんで、何しても仕方ないなって許してくれて、わざわざ冷ましたパンをとっかえてくれたりするんだぞ。

え？　好きになるだろそれ？

リヴィオときたら、一三歳で恋に落ちて、そっから駆け抜けての今日だぞ。

ルネッタのエピソードに比べたら、三文小説にもならないような出会いだった。うっすいエピソード。人に話せば「え？　そんだけ？」とか言われそう。おいそんだけってなんだ表出ろ。

「青少年の心を弄んでんじゃねぇぞおっさん」

「あん？」

自覚がねーから最悪だ。いや、自覚なしでできちゃう男だから、人が集まるんだろう。これがカリスマ性ってやつだろうか。カリスマって人誑《たら》しってことだろ。

ソフィがこういうのに引っかかる前に連れ出せて良かったな、とリヴィオは刺しゅう入りのシャツを引っ張る。高そうだな。あ、ビリって言った。まあいいや。

「ん？」

軟派なシャツの先に、何やら感じるものがある。

お洒落《しゃれ》なお洋服発見！　ってわけでは勿論ない。魔力だ。

「ヴァイス様！」

リヴィオは、服をバサバサと床に放り投げた。ええいマントだコートだ重いな。自分で動く気のない金持ちはこれだから！　肩こりで石になっちまえ。

「……結界、いや封印か……？」

壁に刻まれていたのは、古めかしい魔法陣だ。

「お前、わかんのか」

「僕がいた騎士団は魔法教育も熱心だったので。まあ、あんまり得意じゃないんですけどね」

リヴィオは、昔から好奇心は旺盛なので、魔法が使えないってわけじゃない。剣を魔法石に入れておけるのも、魔法を学んでいるおかげだ。

そんなわけで、魔法石を使うことくらいはできる。リヴィオは、懐から魔法石を取り出した。淡く赤色に光る魔法石は、ルネッタが解呪の魔法を込めてくれた。「結界魔法や、封印魔法をほどく魔法を込めています。使用回数は限られますが、この国の魔法ならどれでも通用すると思います」となんとも頼もしいお言葉と共にいただいた魔法石だ。

桁外れの魔法を使えるうえに、この国の魔法を知り尽くしているルネッタだからこそ作れるとんでも魔法石は、魔法の知識が乏しいヴァイスから「お前が持っとけ」とリヴィオの手に渡った。

リヴィオは、込められた魔法が発動するように、魔力を流す。

ぼう、と魔法石、そして魔法陣が強く光った。そして、光が消えると同時になんと、目の前の壁が消えたではないか。

現れた小さな石造りの部屋は、埃《ほこり》っぽくてカビ臭い。

もう何年も人が足を踏み入れていないようなそこには、一冊の本があった。

「結界がありますね」

「厳重だな。期待ができそうだ」

ニヤリ、と笑う顔は悪人のようだ。他国の王の寝室で泥棒しているところなので、間違いではないかもしれない。いやあ、悪いことすんのって楽しいね。

リヴィオは、再び魔法石をかざし、魔力を流した。

すぐに赤い光が放たれ、そして光が消えると同時に魔法石が割れた。

「ルネッタ様が込めてくださった魔法の効力がなくなったようです。先ほどの封印にこの結界、どちらもかなりの高位魔法だったようですね」

「へえ、そりゃ保護してやらねぇと、悪いこと企む奴に持ち逃げされちゃ大変だな」

「はい。その途中でうっかり中身が見えてしまっても致し方がないかと」

だな、とニヤニヤしながらページを捲《めく》ったヴァイスは、「あ?」と嫌な声を上げた。

この王様、呼びかけると大抵「あ?」と雑な返事をするのだけど。これは、いつもの「あ?」ではない。地の底から這《は》い出てきた手に足首を掴まれるような、血濡れの剣先を喉に当てられるような、つまりは本気でブチ切れ寸前って感じの、「あ?」だ。

「……ヴァイス様?」

国一番の猛獣に育てられたリヴィオは、それっくらいじゃ動じない。ただ、なんかすんごいことが書かれてたんだろうなあ、と眉を寄せる。リヴィオがヴァイスの怒りに動じないように、この王様もそうそう感情を乱さないので。

こういう人が怒るのは、大抵、誰かのためなのだ。

つまりは、ルネッタを傷つけるようなことが、そこに書かれている。

聞いても良いものだろうか、とリヴィオはバラバラとページを捲るヴァイスを観察した。ページを捲るのがめっちゃ早い。全部読めてんのかな。

まあいいか、とリヴィオは外に出た。

集中しているようなので、そっとしておこう。使えそうな物を見つけたっぽいので、人が来ないように見張っておくかと部屋を出る。今更だけどね。ルネッタによれば、魔導士たちは「呪い」の対応に追われてバタバタしているらしいので大丈夫だ。見つかってもぶん殴って気絶させせときゃ良いし。

なんでも、今とある部屋から「呪い」が少しずつ漏れ出ているらしい。神様の加護とルネッタの魔法のおかげでリヴィオとヴァイスはなんでもないが、確かに途中ですれ違った白ローブたちは体調が悪そうだった。お大事に。

リヴィオがフードをよいしょと深く被り直していると、ヴァイスが出てきた。

「うっわ」

「なんだ」

「クソ不機嫌じゃねぇですか」

「まあな」

まあなって。

リヴィオじゃなきゃ粗相やらかしてそうな怒気だ。怒気っていうかもう殺気だ。ここまで怒っておいて恋情はないっていうんだもんなあ。爆発しろ人誑しめ。

「行くぞ」

「例の部屋ってとこですか?」

「ああ。王とルネッタの考える解呪は違うだろうからな。結界が解かれれば、王は部屋でわめくだろうよ」

カッと怒り露《あら》わに靴音を鳴らし廊下を歩くヴァイスに、リヴィオが続いたその時。

「助けてリヴィオっ！」

その声が聞こえた瞬間、リヴィオは踏み出していた。

声はどこから聞こえた。近くじゃない。反対側。それから下の方。リヴィオは走りながら剣を出した。早く、もっと早く走れ。もっとだ。

本気で走るリヴィオに追いつけるのは父、それから抹茶や父の愛馬くらいのものだ。足には自信がある。黒い髪を隠すためにフードを深く被っていたことなど、とうにリヴィオの頭にない。

ただ、早く走れと身体に号令を出す。

騎士学校の教官にお褒めいただいた、動物並みに優れている五感に感謝しながら声が聞こえた方に走るリヴィオは、廊下の先でぽっかり青い空が覗《のぞ》いていることに気がついた。

あそこだ。

迷いなどあるはずもない。リヴィオは躊躇いなく飛び下り、ソフィを見つけた。

苦しそうに宙でもがいている。

近くで、ルネッタも同じように宙に浮いている。

なんだろう。わからない。

でも、魔力のうねりが見える。長い金髪の男が下衆《げす》い笑みを浮かべているから、きっとあれは魔導士で、あれが犯人。目を凝らせば、金髪の魔導士と二人が魔力で繋がっているのも見えた。

なら簡単だ。

いやあ良かった。小難しい魔法だったら、頭を使わにゃならんが。

「ぶった切る」

繋がってるモンは切りゃあいい。そうだろ？　ていうか自分以外とソフィが繋がるとか、リヴィオ的にマジ言語道断なんで。

リヴィオは振りかぶった剣を、思い切り振り下ろす。

ぐ、と抵抗を感じたので、そのまま力を込めると、ブツン！　と何か大きなものを切り落とした手ごたえを感じた。男が呻き、ソフィの身体が、ふっと弛緩《しかん》する。

リヴィオはその身体が宙にあるうちに抱きとめ、着地をすると同時に剣を上に薙《な》ぎ払った。

再び、ブツン！　と気持ちの悪い手ごたえを感じた。同時に、男の身体が吹っ飛んでいく。ひとまず追撃は不要だろうと考えたリヴィオは、はっとする。

ルネッタが落ちる、と手を伸ばそうとしたその時。上から落ちてきたヴァイスが着地して、そのままルネッタを受け止めた。

さすが人誑し。ナイスキャッチだ。

「ゲホッ、ケホッ」

剣を突き立て、リヴィオはソフィの顔を窺った。

立てた膝に凭《もた》れかからせ、顔にかかる髪を耳にかけてやる。

涙を滲ませて咳《せ》き込むソフィの手は震えている。恐怖か、酸欠か。いずれにしろ、怖い思いをさせたことに違いはない。

絶対に守ると誓ったのに、なんてザマだろう。情けない、と唇を噛むリヴィオに、ソフィは苦しそうな顔で、でも、嬉しそうに笑った。

「リヴィオは、本当に助けてくれるのね」

「……っ」

ああ、ああ。ああ、なんてひと。なんて人だろう。

高貴なお方ってのは、ほんと、人心掌握を心得ていらっしゃる！

自覚がないからさあ、もうこっちは骨抜きなんだよ。まいっちゃうよね。でも、少しも嫌じゃない。どんどん、どんどん好きになる。そんな自分も、誇らしく思うんだからさ。

「貴女のためなら、いつだって、なんだって、してみせます」

今日この日のために、リヴィオの三年間があった。

ソフィの声を聞きたくて、一番に駆けつけられる騎士でありたくて、駆け抜けた日々だ。

この小さな身体を初めて抱きとめた時。本当はその口から聞きたかったソフィーリアの本音を、ようやく。ようやく、リヴィオは聞けたのだ。

ああまったく、なんて最悪で最高な日だろう。

「僕を呼んでくれて、有難うございます」

嬉しそうに細められる甘いキャラメル色の瞳を飲み込んでしまいたくて、リヴィオは唇を落とした。

七．百人恋色

はっっっっっっっっっ？

は？

え？

は？？？？

ソフィの頭は真っ白になった。

いや、真っ赤？　混ぜたらピンクだなあ。春色だ。目出度《めでた》い。間近で見える色は、まるで夜明けみたいだけれど。

伏せられた長い睫毛がばっさと上がって、ブルーベリー色がソフィの間抜けな顔を映している。真っ白いローブが天使かな？　ってくらいお似合いの超絶美男子様は、ソフィの頭を一撫でするると立ち上がった。

「そこから、動かないでくださいね」

「ひゃい」

あ、噛んだ。とか。バサッて白いローブを脱ぎ捨てるのかっこいいな、とか。それどころじゃない。動くな？　わはは、心配しないでほしいな。ソフィをなんだと思っているんだ。動けるか。動けるものか。

ソフィは両手で口元を押さえてプルプル震える新種の生き物になったんだぞ。むしろどうやって身体を動かしたらいいのかやり方を思い出せない。人間ってどうやって歩くんだっけ。

ソフィの視線は、リヴィオの綺麗な横顔から剝がれない。

長い睫毛が影を作り、敵を睨みつける鋭い眼差しが、ぞくりとするほどに美しい。

あの、綺麗な人の、唇が、ソフィの、唇に、落ちてきた。

「っ！！！！！！」

い、いや。いや待て。一瞬だったし。苦しくてぜえぜえなってたし。勘違いじゃなかろうか。妄想？　夢？　なんかそういう、幻覚的な。

だって、リヴィオだ。

ソフィが今まで見た誰よりも美しくて格好良くて、真っ赤な顔でふにゃふにゃ笑うのがめちゃくちゃに可愛い、この世で一番綺麗な生き物だぞ。

そんなリヴィオが、ソフィを助けに来てくれた。

助けて、ってたった一言。そのたった一言を、ソフィは誰にも言えんかった。

言う当てもなけりゃあ、叶《かな》うとも思わんかったので、自分でどうにかする方が建設的だったのだ。

伸ばした手を振り払われるのは愉快じゃない。

でも、リヴィオはずっとソフィの手を握ってくれたから。言っても良いんだと、教えてくれたから。

それで、力いっぱい叫んだ「助けて」を、リヴィオは当たり前みたいに叶えてくれた。

抱きとめてくれる腕も、髪を払ってくれる指も優しくて、この人は本当に自分を想ってくれているんだなって思ったらもう、どうしようもなく嬉しかった。

ずっとずっと欲しかった、自分だけには与えられなかった当たり前をもらえて、ソフィは嬉しくて仕方がなかった。

「僕を呼んでくれて、有難うございます」

なあんて、さ。

ソフィが甘えることを、欲しがることを、リヴィオはこんなに喜んでくれる。甘い歓喜を瞳に浮かべて、白い頬をピンク色に染めて、なんだか泣きそうな顔でさ。そんな風に言うから。

ソフィは、好きだなあ、って。

リヴィオが好きだなあって、ぴかぴかのブルーベリージャムを瓶いっぱいに詰めたみたいな気持ちになった。嬉しくて、愛《いと》おしくて、誇らしくて、笑みが零れた。ずっとずっと、この瞳に見詰められていたい。指先まで甘く浸すような多幸感に、ソフィの気が緩んだ。

その、瞬間に。

近いなって。

睫毛長いな、って。

思ったら、唇に、触れられて、だから、あれは、やっぱり、キスだった。

「！！！！！！！！！！！！！」

「ソフィ、大丈夫ですか」

あっつい顔を両手で覆うソフィに、ルネッタが駆け寄ってくる。

全然ちっともまったくさっぱりと大丈夫じゃないが、状況を考えろとソフィは顔を上げた。

いやほんと状況を考えてくれませんかリヴィオ様。思ったが言えない。

「だ、だいじょう、ぶ、です」

「顔が赤いです。苦しかったですよね……」

顔が赤いのは別の理由だし、なんか雑巾絞りされた苦しさなんて吹っ飛んじまったソフィは、ぶんぶんと首を振った。

ソフィとルネッタの間にリヴィオの背中があったはずだから、ソフィの顔が赤い理由をルネッタは知らんのだ。居たたまれなさに浮かれ脳みそ君がそっと鈴を下ろした。

「ルネッタは？　大丈夫？」

「はい。慣れてますから」

ボコッ。

すごい音がして視線を動かすと、瓦礫《がれき》が崩れるところだった。近くに革のブーツ。

見よ、この世の全てを殲滅《せんめつ》せん、とばかりの機嫌最悪なヴァイス様の眉間の皺を。おっそろし。

ソフィは思わずルネッタの手を握った。

ヴァイスはこちらを見ないまま、ルネッタの名前を呼ぶ。

「ルネッタ、防御壁」

「はい」

ソフィは邪魔にならないよう、そっとルネッタの手を離した。

ふわ、とルネッタの髪が赤く光る。

ばさりとヴァイスが白いローブを投げ捨てると、ひっくり返っていた国王が、よろよろと身体を起こした。

「……くそ、野蛮な下民が……。魔力をそのように使うなど、冒瀆《ぼうとく》だぞ貴様っ！」

「何言ってんだあんた」

訝《いぶか》しげにリヴィオが振り返ると、ソフィの肩が跳ね、ルネッタが首を傾げた。

「リヴィオさん、剣と、自分の身体に魔力を流してますよね。だから魔力の流れを断ち切れたんだと思うんですけど……普通、魔力は魔法を使うために操作するものだから、珍しい、というか魔導士や魔女はやろうとも思いません。私はかなりの高等技術だと思います」

「え」

リヴィオは、ぱちんと瞬きをした。

ルネッタに高等技術、と褒められたことにではない。あれは、「え、そうなの？」って、きょとん顔だ。

「僕、そんなことしてます……？」

「………………自覚がないんですか……？」

「ウォーリアン家の人間の異常な戦闘能力は、魔力の操作をしながら戦うことに秘訣《ひけつ》があるってわけか」

「魔法は得意じゃないし、本人無自覚ですけどね……。父上はわかってんのかな」

「知らされてねぇってことは、代々無自覚でやってんじゃねぇの」

「ええー、うちマジで馬鹿ばっかだな……」

なんだかすごい会話をしながら、リヴィオはぶんと剣を振り、ヴァイスはポキポキと首を鳴らした。声は軽いのに、二人の背中は、わかりやすく怒っている。圧が、すごい。

「で？　自分の顔を見るだけで硬直する娘を縛り上げて、どんな気分だ？　あ？　教えてくれよ。

俺みてえな凡人には理解できねぇんだわ」

「はーい、僕も野蛮な下民なんで、どうやったら、か弱い女の子二人をいたぶれるのか教えてほしいですねぇ。お礼に生まれてきたことを後悔したくなる気持ちを教えて差し上げるんで。物理的に」

あは、と笑うリヴィオの声のかわいさったら！　セリフと合ってなさすぎて超怖い。そんな余裕綽々《しゃくしゃく》な切れっぷりを披露するリヴィオもソフィは好きだけど。

「っ愚民が！」

バチッ！　と雷が爆《は》ぜた。

そして、ドン！　と轟音と共に、いくつもの雷の柱が上がる。

危ない！　そんな衝動で名前を呼ぼうとしたソフィの声は、疑問形になった。隣でルネッタが「うわ……」とドン引いた声を上げている。

「り、リヴィオ……？」

なんでって、リヴィオはまるで華麗なステップを踏むように雷を避《よ》けているのだ。え、嘘。魔法って避けられるの。あ、いやあ、まあ、直線的な魔法とか。詠唱をしているとか。予測ができるようなものならソフィにもわかるんだ。魔導士はそういうことを考えた上で、避けられないように魔法を当てることが重要となる。

そういう意味では、上から同時にいくつも柱が降ってくるような雷の魔法は、効果的なはずだった。そう、普通なら、避けられないはずだ。

「な、なぜ避けられるのだ……！」

「カン」

王様のお顔は蒼褪《あおざ》めている。なんかちょっとかわいそうだ。カンって。そりゃない。

「っこれならば避けられまい！」

国王は、部屋いっぱいに広がるような、大きな火の玉をつくった。ごお！　と燃え上がる赤い炎が、こちらへ迫ってくる。ソフィはルネッタと一緒に、ルネッタがつくる防御壁の中にいるから、きっと平気だろう。

でも、あんな炎に焼かれたら、リヴィオはどうなる？　あんなに大きくては、今度こそ避けることも容易ではないはずだ。

ソフィは思わず駆け出しそうになって、それで、瞬きをした。

いや、嘘だろ。

炎は、リヴィオがぶんと剣を振ると消え、ついでに王の背後の壁が真っ二つになって崩れた。こっっわ。え、何。あの剣なんか出てる？　実は目に見えない魔法が噴き出してる？？？

「喧嘩売る相手、間違えてんだよあんた」

で。

国王の身体は、背後から現れたヴァイスに蹴り飛ばされた。多分、骨が何本か折れている。そういう、おもったい音がして、地面に薙ぎ倒された身体に、とどめのように崩れた瓦礫が降り注ぐ。

ぎゃあ、と悲鳴が上がると、ヴァイスが舌打ちをした。

そして、つかつかと歩み寄り、ずぼりと身体を瓦礫の中から持ち上げる。ヴァイスは、呻く国王の身体を、ぶらん、と汚い毛布のように持ち上げ、どさりと投げ捨てた。

容赦がない扱いである。

「謝れよ。父として、王として、ルナティエッタに、ここで死んでいった魔女たちに、頭擦りつけて土下座しろ」

「……へーか」

防御壁を消したルネッタは、ぽつりとヴァイスを呼んだ。

心許《こころもと》ないその声が苦しくて、ソフィは自分のスカートを握った。

謝ったって、ルネッタの一六年間が、魔女たちの命が返ってくるわけではない。あんなボロボロの汚いおっさんの謝罪一つで、全部なかったことになんて、なるもんか。

でも、でも、ルネッタのこれからは、変わるかもしれない。

一歩も動けずに硬直していた、あの男に怯《おび》えていたルネッタの心を、ちょっとでも変えられるかもしれない。

けれど。

「っ、だ、だれがっ！　あれは私の娘などではない！　私は王として、この国の厄災を管理する責任があるのだ！　謝罪などっ、するものか！」

「あーっそ」

そうだよな。簡単に謝るような賢い男なら、ヴァイスに喧嘩を売ろうなんて馬鹿な真似はせんだろうな。

ヴァイスもそれをわかっていたんだろう。王の言葉に動じることなく、鞄から一冊の本を取り出した。

「これ、何だと思う？」

「……は………？」

ヴァイスを見上げた王は、顔を引きつらせ、地べたでうずくまっていたのが嘘のように、立ち上がり、本に手を伸ばした。

のだけれど、その身体をリヴィオが容赦なく蹴り上げる。足長いな。

仕上げとばかりに、ガン！　と剣を突き立てた。王の、足の間に。

「動くなよ。ついやっちゃうだろ？」

何を？　とかこの場で声を上げるほどソフィはお馬鹿ではない。ただ、そのいつもより低い声がかっこいいな、と思った。馬鹿ではないが脳みそは浮かれておるのだ。てへぺろ。

「な、なぜ、貴様が、それを、どうやって……！」

「うちのお姫さんは優秀なんでな」

「む」

最後の「む」は、隣から聞こえてきた。

ちらっと横目で窺うと、ルネッタが、ぱしぱしと瞬きをしている。え、やだこれ照れてる？　かわいいな、とソフィの胸がきゅんとした。

「……ルネッタ」

「はい」

かわいいルネッタは、背中を向けたままのヴァイスに返事をした。

「お前は、知らない方が良いかもしれない。どうする」

ルネッタは、じっとヴァイスの背中を見詰めた。

光を反射するような黒い瞳は、すいと空を見上げ、それから、もう一度ヴァイスの背中を見る。

「へーかなら、知らないままにできますか？」

その言葉に、ヴァイスは小さく笑った。ふ、と落とすような音は、優しくて、どうしてかほんの少し悲しい響きだ。

振り返ったヴァイスは、そんな悲しい響きなど嘘のように、ニヤリと、いつも通りにシニカルに笑った。

「言うじゃねぇか、ガキが」

「ガキじゃないです」

ヴァイスは、ルネッタに向き直った。

黒い髪を、風が揺らす。

眉間の皺、意志が強そうな眉、機嫌が悪そうな胡乱《うろん》な目つき、無精髭。乱暴でちっとも王らしくないヴァイスは、よく通る声で、ルネッタに向けて本を持ち上げてみせた。

「これは、一一代目の王の手記だ」

「はい」

じゃり、と小石を踏む音がする。王が身じろいだのだろう。動くと危ないよ、とリヴィオの声がした。

「この王は、なぜ魔女が生まれるのか根本に立ち返ろうと、始まりの魔女について調べたそうだ。魔女はどんな王女で、なぜ国を呪ったのか。どうやって呪ったのか。……不思議と始まりの魔女も、その次の魔女も資料が少なく、かなり苦労したようだがな、王はやっとの思いで手に入れた情報から、仮説を立てた」

低くて心地の良い声は、淡々と本の内容をなぞる。

感情が籠もっていない声には、けれどもだからこそ、ヴァイスのやり切れないような、怒りのような思いを感じて、ソフィは少しだけ恐ろしくなった。

これは、本当に、ルネッタに聞かせていい話なんだろうか。

揺らぐソフィの耳に、ヴァイスの淀みない声が響く。

「自身の仮説が恐ろしくなった王は、これを封印した。消さなかったのは、魔女を封印する結界を強化していくうえで役に立てば、と思ってのことらしいが……さてな。小心者が、恐ろしくなって消せなかったか、自分だけの胸に秘めておくことに耐えられず、次の世代に押しつけ続けただけのように思えるがな」

お前はどうするつもりだったんだ？　とヴァイスは、王を振り返った。

壁に寄りかかり、リヴィオの大きな剣を足元に突き立てられた惨めな王は、それでも鼻で笑った。

「何を言っているのか、さっぱりわからんな」

「あっそ。じゃあ読み聞かせのお時間だ。せいぜい、良い夢を見ろよ」

「っ」

ルネッタは、「へーか」とヴァイスを呼んだ。

胸元で握った手は、小さく震えている。

ヴァイスは、目を細めて、小さく息を吐いた。

「……始まりの魔女は、」

きっと誰よりも今、魔女を想う声が語る物語は、良い夢なんてちっとも見られやしない。醜くて歪《ゆが》んだ、おぞましい、恋の話だった。


――それは、九代目の王が国を治めていた時代の話。

王に、二人目の子が生まれた。

王子が五つになる頃だ。第一王女として生まれた少女は、サーネットと名付けられた。サーネットは、異端の子供として、王宮の深くで隠されるようにして育った。

ただ、人の口に戸は立てられん。

誰もが「呪われた子供」と王女を恐れ、王妃の不義を噂し、王妃はついに病に倒れた。


「髪と目が黒かったから、ですね」

ルネッタが問うと、ヴァイスは本から顔を上げ頷いた。ルネッタは、言葉を重ねる。

「それから、魔力も高かった」

ああ、とヴァイスは再び本に視線を落とす。


サーネットは、美しい娘に成長した。

だがその美貌も、黒い髪と黒い目を引き立てる悪魔のような魅力にすぎなかった。城の魔導士が何人集まっても辿り着けないような術式を、いとも簡単に歌いながら展開するサーネットを、誰もが恐れ、忌避していたのだ。

部屋から歌が聞こえるたびに、皆石を投げた。なんと恐ろしい。なんと忌々しい。あれは悪魔だ。あれは呪いの子だ。

サーネットは、泣きも笑いもせず、ただひっそりと生きていた。

そんなサーネットが、毎日のように森に出かけるようになった。いつも部屋から聞こえる歌が、何日も何日も聞こえない。気味が悪い。何かを企んでいるのではないか。皆が恐れていたある日、第一王子がサーネットの後を追った。

そして、森で王子が見たのは、人ならざる者と仲睦《むつ》まじく微笑み合う、サーネットの姿だった。


「人ならざる者?」

リヴィオの声に、突然ソフィの胸が熱くなる。

思わず胸を押さえ目を閉じると、白い光が広がり、ちょん、とぬいぐるみサイズの白い熊さんが着地した。

「やっと出られたぞ……」

白い熊さんは、ふうと短い手で額を拭った。え、汗かくの?

「アズウェロ」

「どうりで、この国に入ってから動きづらいわけだな。ここには、違う神の片鱗《へんりん》が漂っている」

「え」

アズウェロは、小さな首を、もふっと持ち上げてヴァイスを見た。

「神だろう」

ああ、とヴァイスはページを捲る。

サーネットと手を取り合っていたのは、美しい神だった。

頰を染め恥じらうように笑うサーネット。それを慈しむように見詰める神気を纏《まと》う男に、王子は
サーネットが神と恋に落ちたことを知った。

王子は、すぐさま王に報告した。

サーネットが、神を誑《たぶら》かし、国を呪う気だと。


「はあ?」

リヴィオが、低い声で足元の王を蹴飛ばした。

「なんですかそれ。飛躍するにも程があるでしょう。そいつ、何を考えていたんです」

手記を纏めた王は、二つの仮説を立てた。

一つは、サーネットに力を持たせることを恐れたから。

ただでさえ、サーネットは城の魔導士が敵わないほどの強大な力を持っていた。そこに神の力が
渡れば、いよいよ誰も手を出せなくなる。それを防ぎたかったのではないか。

もう一つは、王子がサーネットを愛していたから。


「は?」

思わず声を上げたのは、ソフィだ。

愛？　ひどい扱いをしておいて？　気持ち悪。恥じらうことなく、げえ、と眉を寄せるソフィに、ヴァイスは小さく笑った。


王子は、周囲の人間と同様に、サーネットを不気味だと、呪われた魔女だと、厭《いと》うていた。けれども毎日、足繁くサーネットの部屋に通い、食事を届けていたのもまた、この王子だったのだ。王子は、気持ちが悪い、煩《うるさ》い、と嫌味を言いながらも、一日も欠かすことなく、サーネットの元に通っていた。そこにどのような意味があったのか、さて誰にもわからぬが。

王子は、サーネットと神を引き離すべきだと、それは大層な剣幕で王に進言したのだという。

サーネットは、この国を呪う気だと。


「……いや、マジで何考えてるのか全然理解できないんですけど」

不快感を隠さないリヴィオに、ヴァイスは肩をすくめて言った。

王子は、サーネットを自分の手元に置いておきたかったのだろう、と。

サーネットを絶対に城から出したくなかった。

神を城に近付けることもしたくなかった。

そのための、強い理由が欲しかったのだ。

真相はともかく、王子の目論見通り、サーネットは封印が施された部屋に閉じ込められた。

城中の魔導士が作り上げた、強固な封印。

サーネットは部屋から一歩も出ることができず、部屋からは昼夜問わず、すすり泣く声が聞こえた。

王子はそれまでと同じように、サーネットの元へ通った。

会いたい、あの人に会いたい、と泣くサーネットに、王子はもう二度と逆らうなと。企み事をするなと。お前を見張っているぞと。毎日言い聞かせたそうだ。

ただ、全てが王子の思い通りにいったわけではなかった。


「神は諦めなかったのだろう」

アズウェロはふん、と鼻を鳴らした。

「神が人の思い通りになんぞ、なるものか。その娘を愛していたのならば、尚のことだ。神は、それはそれは愛情深いのだ」

愚かな、とアズウェロが笑うその通り。


神はサーネットを求め、サーネットの名を呼び続けた。幸か不幸か。魔導士が施した結界を超えてサーネットを見つけることができなかったのだ。国のあちこちで、サーネットを呼ぶ不気味な声が聞こえ、雨が降り続いた。神の存在を知らない人々は、サーネットがついに牙を剝《む》いたのだと恐れた。

王は、けれど神にサーネットを渡さなかった。

サーネットが力を付けた時、真っ先に首を切られるのは国ではなく王族だと、王子が王を説得したのだ。

果たしてそれが本心だったのか。

王子の心は誰にもわからない。残ったのは、恐怖に駆られた王が、神に見つかる前にと、サーネットの命を奪ってしまった事実だけ。

そして、それに誰よりも動揺していたのは、王子だったという。まるで、サーネットを失いたくなかったかのように。


「……それから一年間、雨が降り続けたんですよね。つまりその雨は、神様が降らせていたんですか……？」

ソフィが問うと、ヴァイスは、恐らく、とページを捲った。


雨は止まず、魔導士は病や災害、飢饉の対応に明け暮れた。

神が諦めたのか魔法の成果が実を結んだのか。全てが落ち着く頃には、王はすっかりやつれ、王子が即位した。新しい時代の幕開けに誰もが喜んだ。

国中が喜びに沸く中、やがて王は妻を迎えた。

金色の髪と目が美しい王妃はすぐに子を授かり、次の年には王女が生まれた。

――黒い髪と、黒い目の王女が。

王は、すぐにその娘に結界を張り巡らせた部屋を与えた。

今度こそ誰にも渡さない、とその時確かに、王はそう言ったそうだ。それが恐怖に震えた言葉であれば。それを聞いたのが、宰相であれば。腹心と呼ばれた魔導士であれば。結末は違ったのかもしれない。

その呟きを聞いたのが、王妃でさえなければ。

王は、暇さえあればその部屋に通った。そして決まって、王女に歌を歌わせた。部屋から歌が聞こえるたびに、王妃はおぞましい、と狂ったように叫んだそうだ。

王妃はついに、耐えきれなくなった。

あの娘は、サーネットの呪いを宿している。王を、国を呪っている。そんな噂を立てたのだ。

人々は恐れた。

また苦しまなければならないのかと、王女の死を望む声があちこちから上がり始め、そして、また、雨が降る。

王もまた、恐れた。

雨が止まない。それはつまり、神が、サーネットの魂が再びこの世にあることに気づいたということだ。

サーネットを探している。

王は恐れた。

迫害される王女が、神の力を手にすることか。

神が、サーネットの魂を手に入れることか。

後の世に生きる一一代目の王には、その真実を知ることはできない。

確かなのは、王が神を恐れていたこと。王女が、国を呪った罪で処刑されたこと。そして、雨が降り続いたこと。ただ、その記録のみ。

「………このしばらく後、一〇代目の王は王妃と息子を残し、息を引き取ったそうだ。悪夢に魘《うな》されるのだとろくに寝られず、食事もまともにしていなかったらしい。呪いだと言われているが、さてな」

パタン、とヴァイスは本を閉じた。

「この後は、ルネッタが知っている通りだ。黒い髪と目の王女が生まれるようになり、王女が死ぬと、決まって災害に見舞われる。それを恐れて、代々王は、黒い髪と目の王女を厳重に封印した部屋に監禁し続けた。生かさず、殺さず、王女の責務だと。……事の始まりを知った、その後もな」

ルネッタは、ヴァイスの濃紺の瞳を真っ直ぐに見返した。

「……始まりの魔女は、この国に殺されたんですね」

「ああ。二つ目の仮説が当たりだとすると、妹に執着した愚かな王子のせいで、ということになるな」

そういう人も、まあ世の中にはいるだろう。世界は広い。誰が誰に恋をしようと、誰を想おうと、或いは生涯一人で生きようと、そんなもんは自由だ。他人の心に制限をかける権利など、誰にもない。

そう、たとえ、その人を心から愛していたって。

その想いを奪うことも、傷つけることも、許されないのだ。

「つまりは、この国のせいで王女は死に、神に目を付けられたんだ」

「……それでも、国殺しの魔女はこの国の平和を願っていました。誰一人、呪ってなどいません」

「ああ、どちらかというと、神の祟《たた》りって感じだな」

ヴァイスがちらりと目線を下げると、小さなおててで腕組をしたアズウェロが頷いた。

「だろうな。国の平和を願っていたというなら、魔女自身も封印を施したんだろう？」

アズウェロの問いに、ルネッタがこくりと頷いた。長い黒髪が、さらりと揺れる。

綺麗なのにな、とソフィは胸が苦しくなった。

「お前も今、自分の魂に封印をかけているな？　魔力が外に漏れないような、結界と言った方が近いか」

こくん、とまたルネッタが頷く。

「代々、魔女が研究を重ねてきた魔法です。死ぬ時だけではなく、なるべく早い段階から施した方が、効果が大きいと」

「うむ。事の起こりを知らぬのに、よく辿り着けたものよ。魔力が成熟する前に封じておけば、その神に、サーネットとやらの魂が生まれなおしていることを、気取《けど》られんようにすることができる。……それでもその魂が燃え尽きる時魔法が解け、漏れ出た魔力に残った神の片鱗が反応するんだろう。そして、神はまた失ったと、それだけを知る。今もまだ、お前の魂を探しているだろうな」

ソフィは、自分の胸に手を当てるルネッタを見詰めた。

今ここに生きているのは、サーネットではない。

長い黒髪と黒い瞳が綺麗だけれど、歌っているところなんて見たことがないし、神様のことを実験体を見るような目で見るし、よその国王様を「へーか」って幼い響きで呼ぶ、小さくて可愛い女の子だ。

「ルネッタは、ルネッタよ」

なんだかこう、どうしようもなく、胸がもやもやしてソフィが言うと、ルネッタは「はい」と頷いた。

「知らない神様にストーキングされても困ります」

「す、」

ストーキングって。

いや、間違っちゃいないか？

「へーか」

「あ？」

ルネッタは立ち上がり、ヴァイスを呼んだ。

「なんでしょう、これ」

ルネッタの言葉に、ヴァイスは本を肩にのせ首を傾げる。

ルネッタの髪が、瞳が、ほう、と赤く光った。

「気持ち悪いです。なんか、すごく、魔法を使いたいです。なんか、うまく、言えないけど、ここが、気持ち悪いです」

ぎゅう、とルネッタは胸元を握った。

ソフィにもわかるくらい、ルネッタの眉がちょっと寄っている。ううん？　とソフィは首を傾げた。笑っちゃいかん。これ、笑っちゃいかんけども。ルネッタそれさあ。

「ぶはっ」

思わず噴き出したのは、ソフィじゃないぞ。

視線を上げると、ヴァイスがくしゃっと子供みたいに笑っている。大人がそんな風に笑うのを初めて見たソフィの胸は、ちょっときゅんとした。なんだそれ可愛い。

「ルネッタ、お前、怒ってんだろ。お前、今怒ってんだよ」

「怒る……」

「そう、俺が、俺たちがどれだけ怒っていい、泣いていいつっても、何言ってんだって顔してたお前が！　怒ってんだよ！」

ヴァイスは、なんだかとても楽しそうだ。

喜びをこんなに露わにする大人を初めて見たソフィの胸が、再びきゅんとする。可愛いなこの人。あとめっちゃ良い人。

でも、今ならソフィにもわかる。

泣いたり、怒ったり、悲しんだり、そういうのができるのって、すごく幸せなことなんだ。幸せを知らないとできないことだから。

ルネッタは、これが不当だって。おかしい話だって、気づける、そんな幸せの中にいるのだ。それはとっても、嬉しいことだ。

ルネッタは、きゅっと自分の手を握った。

「へーか、私、怒っていいですか」

「いんじゃね？」

やっちまえよ、とヴァイスは笑った。

いつものシニカルな笑みに、ルネッタが、ぱちんと瞬きをする。

もしかして、笑ったんだろうか。ヴァイスが、笑みを深める。

アズウェロは、ぽん！　と身体を大きくした。

「主、我らも手伝うか」

「まあ、良いの？」

「うむ。任せよ」

アズウェロが頷いたので、ソフィも立ち上がった。

パンパン、とワンピースの裾を払って、深呼吸。吸って、吐いて、吸って、吐いて。

それから、ヴァイスの後ろで王を踏んづけているリヴィオを見た。

ソフィの大好きなブルーベリー色の瞳が、キラキラしている。

あれは多分、やっちまえ！　ってワクワクしている色だ。

途方に暮れるくらい、数えきれないくらいの女の子たちが感情をなくすくらい、長い長い年月をかけて、呪いをつくりあげてきたこのお城で。

最後の魔女が怒るお手伝い。

なんと光栄だろうかと、ソフィは両手を広げた。

展開するのは、防御魔法。

ソフィが使える数少ない魔法で、アズウェロの力を借りやすい魔法だ。

たくさんの魔女が国を生かすために、守り続けた人々の命を護るための魔法を、ソフィは紡ぐ。

すう、と隣でルネッタが息を吸った。

さあ、それでは皆様ご一緒に。

「ふざっけるなああああああああああ！！！！！！！！！」

その日、白と金色を基調とした美しきお城は、見事！　全壊した。

八. 不平等な契約

ソフィは頑張った。

も、すっごい頑張った。

何をって、人を護ることだ。

怒ったルネッタが高威力の魔法を発動させれば、城は吹っ飛ぶだろう。いや、吹っ飛ばしてしまえ。なーんにもない更地になったお城なんて、おもしろすぎるじゃないか。

けれども、城と一緒に人が傷ついてしまうのは良くない。

だって、今日、こんな鬱屈とした城からお出かけをした魔女たちは、ルネッタは、誰かの死を願うような魔女ではない。王女だから、と国を護るために必死に命を繋いできた高潔な魔女たちだ。

ルネッタには盛大に怒ってほしいし、こーんな城なくなっちまえって話だが、人の死はあってはならんのだ。後悔も涙も相応しくない。

そんなわけで、ソフィはアズウェロの指導のもと、防御魔法を展開している。

城内にいる人が、怪我をしないように。

城の外に、余波が及ばないように。

ソフィ一人では、どうやって術式を組めば良いのかわからないし、ルネッタのようなすごい魔女の魔法を防げるわけもない。でもソフィには、神様がついている。

人如きが、って見下しているくせに、人に興味津々で、義理堅くて、おちゃめな神様。

サーネットと恋をした神様は、どんな神様なんだろうな。

今もサーネットを捜している神様。

そうよね、とソフィはちょっとだけ悲しくなる。もしもリヴィオが、自分のいない場所で旅立ってしまったなら、ソフィは悲しくて悲しくて悔しくて、その死を受け入れられないかもしれない。

何をしてでもリヴィオにもう一度会いたいと、人を呪うかもしれない。

リヴィオが強い人で良かった、とソフィは目を開けた。

神様を残していくサーネットもきっと、辛かった。寂しかった。だから、神様はサーネットを諦められない。

リヴィオだけじゃ駄目。わたくしも、強くならなくちゃ。

ソフィは、リヴィオを幸せにするのだと決めたのだから。

白く光る大きな魔法陣を見て、ソフィはにっこりと笑った。身体からどんどん魔力が抜けていくが、気分は良い。

そして、ルネッタの詠唱が止まる。

ルネッタは普段、詠唱をしない。詠唱は魔力の底上げをしつつ、安定性を上げるための手段で、それがなくてもルネッタは高威力の魔法を、一瞬で放てるからだ。

そんなルネッタが詠唱をしていた理由は一つ。

本気の本気の本気で、魔法を撃つため。

「来るぞ、主」

「はい！」

『ブリリアント・スクリーム』

それは、不思議な音だった。

誰かが歌うような、叫ぶような、笑うような、キラキラしているのに重苦しくて、ごうごうと吹き荒れているのに暖かい、そんな不思議な風が、ソフィの髪を、頬を撫でていった。

――まあ、城壁とか家具とか、色んなものは、撫でるどころかどんどん吹っ飛んでんだけど。あっはっは、景気良いね！

吹っ飛んだものが、ソフィとアズウェロお手製の防御壁にぶつかり、また壊れて降ってきて壊れる。でも、人にも自動で防御が働く魔法なので、降ってきた瓦礫は、ソフィやルネッタにぶつかる前に、弾かれるようにこつんと地面に落ちた。なかなかの出来の魔法である。

ルネッタは魔力を込め続け、暴風が吹きまくっとるので、ソフィも身体から魔力が抜けていくが、アズウェロのおかげでちっとも苦しくない。

「アズウェロ、これなんか楽しいですね」

「うーむ、この魔女やりおるな」

呑気に会話をする余裕もある。

ちらりと視線を動かすと、ヴァイスとリヴィオは腹を抱えて笑っていた。めちゃくちゃ楽しそうだな。

二人の足元では、王が真っ青になっている。あれ？　一人だけ、なんか髪の毛めっちゃぐおんぐおんなってるぞ。

「アズウェロ、王様大丈夫でしょうか」

「あー、魔女も無機物のみを破壊するような術式にしているみたいだがなあ。人として判断しそこねたんじゃないか。まあ、主と私の防御壁があるからな。死ぬことはなかろう」

「なるほど？」

まあ、じゃあいいか！

うんうん、とソフィが頷く間にも、どんどん見通しが良くなる。わーい、お空が綺麗。

ソフィたちは、いきなり城内に降り立ったから知らんかったんだが。噴水とか、東屋《あずまや》とかもあったんだなこの城。どんどん、ぶっ壊れてるけど。がっつんがっつん吹っ飛んで壊れてってるけど。

お値段張りそうなものが盛大にぶっ壊れていくのは、いやあ清々しいもんである。己の中に、こんな破壊衝動があったとはソフィも知らなんだ。また新しい自分と出会えてうっきうきである。


そうして気づくと、辺りは一面石の山だった。何の比喩でも表現でもなく。ただの事実だ。現実だ。瓦礫を砕いて砕いて石にした丁寧な仕事ぶり。職人の技とこだわり、っていうか怒りがよくわかるね。

風が鳴り止んだので、ソフィはふうと手を下ろした。

足元がふらつきそうになってたたらを踏むと、もふん、とソフィの身体はふっかふかの毛並みに支えられた。っていうか埋まった。

「頑張ったな主」

「……有難うございます」

神様に褒められた！

頑張ったな、なんて人生でほとんど言われたことがないのに、神様に言っていただけるなんて。

ソフィは、どしんと地面にお座りする熊さん型の神様の背中を借りながら、笑ってしまった。

「……怒るって、疲れますね」

そう言ったルネッタは、はあはあと息を切らせ、汗を拭う。

「でも、スッキリしました」

「そうだな」

笑いながらルネッタに歩み寄ったヴァイスは、なんと、その小さな身体を、ひょいと抱き上げた。

目を白黒させるルネッタは大層可愛らしく、あわあわとさせた手はヴァイスに捕まえられた。

「掴まっとけ」

くしゃりと笑ったヴァイスは、ルネッタの小さな手を自分の肩にのせる。

胸がむずむずするというか、ほこほこするというか、なんだか叫びたくなるような気持ちで、ソフィはアズウェロの毛を握った。もっふもっふ。

「ヴァイス様、マジでほんと拗れるんでいい加減にしといた方が良いと思いますよ、僕」

大きな剣を地面から引き抜くリヴィオの目は、なんか生気がなかった。拗れるってなんだろう、とソフィは首を傾げる。アズウェロは、くわ、と欠伸《あくび》をした。

「……わ、わたしの、城が……歴史ある……城が………」

ソフィが広い石野原で、何が起きたのだと慌てふためきながらも怪我はなさそうな人たちを眺めていると、しばらくぶりに王が声を出した。

髪の毛ぼっさぼさで、傷だらけの、ぼろぼろの王様。

なんか心なしか、服もさっきよりぼろぼろのような。

「もう一度城を建てるには大金が必要だろうが、この城にその金や財宝はあるのか？」

ニヤリと相変わらずシニカルな笑みを浮かべたヴァイスが、自分の腕にあるルネッタを見上げると、ルネッタは、ふんぬと胸を張った。

「全部石粒だと思います」

「そりゃ大変だ。砂金探しか」

王はがくりと地面に両手を付いた。再起不能、って感じ。

それを見たリヴィオは剣をしまいながら、「魔法でどうにかできるんじゃないですか？」と首を傾げた。

「金、とか、ルビー、とか材質に限定して集めて固めることはできると思いますが、元の形をよほど正確に覚えていない限り、復元は難しいと思います」

「じゃあ無理ですね」

うん、無理だろうな。

ソフィもかつては王城に出入りしていた身である。宝物庫のリストがあり、それを管理する者がいることは知っていたが、ではそこにあるものを、例えば絵に描けるくらいに正確にディテールを覚えている者がいるか、といえば首を振る。そんな人がいれば、リストなんざいらんわな。かなり詳細な絵付きのリストがあるってんなら別でしょうけども、あったとして、ここには残っちゃおらんだろう。

「さて、そこで王よ。俺と取引をしないか」

こんな時に生き生きする人間との取引は、つまり悪魔との取引だ。

都合の良い展開なんてのは望めないし、かといって取引せねばこのまま滅びゆくだけ、っていう。どっちに転んでも最悪。

ちなみに、ソフィは他人事なのでワクワクしている。ルネッタを大切にして、自分の国を大切にして、簒奪王と呼ばれるこの王は、何を言うのだろう。

「ヴァイス様、ろくでもねぇ顔してますね」

そう言いながら、リヴィオは笑ってソフィの隣に並んだ。

「リヴィオ、アズウェロもふもふですよ」

「僕もいいんですか？」

「主の番《つがい》だからな。特別に許してやろう」

「「つっ」」

ぼん！　と二人して顔が真っ赤になった。

「ま、まだ番じゃない」

「まっ」

リヴィオは、まだって言った。まだって。まだ。じゃあ、はいそうです、って頷く未来が、あるってことですかね。いや、ある日突然フラれても嫌だし困るし、ソフィだって、そりゃあ、ねえ。ずっと一緒にいたいなあ、とか思うわけだけども。言葉にされるとあれじゃん。

ソフィは、アズウェロにさらに体重をかけてもふもふに埋まった。もっふもっふ。

「貴殿が条件を飲むならば、俺が城を建ててやろう。ついでに、この手記についても公言しないと誓う。なに、感謝はいらない。俺の婚約者のことだからな」

もふもふに埋もれるソフィは、おやと瞬いた。

随分と破格の提案である。城を建てるには莫大《ばくだい》な予算が必要だし、始まりの魔女の話が広まれば王家の信頼は失墜するだろう。

ただ、後者については魔女たちの汚名をそそぐ機会でもある。ソフィとしてはぜひとも広めていただきたいのだけれど、ソフィはあくまで侍女のバイトをしているだけの、通りすがりだ。ソフィは大人しく観戦席に埋まった。もふん。

「……条件とは、なんだ」

「まず、ルネッタを家系図から外すこと。二度とルネッタと関わるな。二度と、お前たちのいいように扱うな。ルネッタはうちの国民にする。今後一切、俺の許可なく、ルネッタの意思なく、言葉も文も交わすことを禁ずる」

ルネッタはこくんと頷いた。

「おとといきやがれです」

誰だあんな言葉教えた奴。

「……よかろう。こちらとて、そのよ」

「ハイかイイエ以外を口にすんな」

がすん！　と王はヴァイスに顔を蹴飛ばされた。学ばないな、あの王様。あとお身体丈夫ね。

「次だ。あんたには、退位を宣言してもらい、第一王女に即位してもらう」

「な、お、女が王位を継ぐなど歴史にないことだぞっ」

「は？　この国に真っ当な歴史なんかあんのかよ。ルネッタ、お前声をでかくする魔法使えるな？」

「全国にお届けします」

嫌すぎるプレゼントだった。

手記をちらつかせるヴァイスに、王はぐうと呻いて頷いた。

「よ、よかろう」

「はい次。即位するといっても、王女はまだ幼く、王としての教育は受けていないだろう。何より、ゼロから政治を始めるのは簡単じゃない」

なんもかんも石つぶてだからな。政治どころか、役人たちはまず色んな書類の復旧、というか作成から始めねばならん。わあ、地獄。

「そこで、うちから優秀な人材を派遣しよう。城の人間は全てその配下とし、宰相には俺の国の人間を置くこと。女王陛下のサポートも任せてもらおうか？」

わおなんて親切。それ乗っ取りじゃん！　とか言っちゃいけないぜ。

「そ、それでは乗っ取りではないか！　恥を知れこの蛮族、」

「あ？」

がっす、って顔を蹴飛ばされるからな。

王様としてどうなんだろうか。あの学習能力のなさ。本当に魔法だけで生きてきた国なのだなあとソフィは感心する。

王女を即位させろ、って話に頷いたのはどうせ、形だけにして自分が実権を握ればいいと思ったんだろうが。そんなん、お見通しに決まってらあな。王にしては、ちいと考えが浅いが、まあ状況も状況である。ぼろぼろになるまで物理的に追い込まれて、城を吹っ飛ばされて、一人でおどされているんだから。そう考えると、頑張っている方ではないだろうか。どんまい。

「ハイかイイエ以外口にすんなつっただろうが。あ？　イイエってことだな。いいぜ、じゃあ城は頑張って自分たちで建てりゃあいい。俺は今から楽しい読書会だ。資金と人材が集まるといいなあ？」

だって相手が悪すぎる。富と名声を持ったチンピラ相手に、ナイスガッツだ。

「…………条件を、飲めば、本当に、城を建て、それを公言しないのだな」

「お前ら屑と一緒にすんなよ。明朗会計が俺の売りなんでな」

それより、とヴァイスは楽しそうに手記を振った。

「早く頷かねぇと、あんたに気づいた家臣やら王妃やらが集まってくんじゃねぇの？　お喋りしたくなっちまうなあ？」

外道感がすごい。

ソフィとしては、ルネッタの味方であることに異論はないのだけれど、ヴァイスの仲間というのはなんとも微妙な気持ちになってくるのだから不思議だ。なんだろうな、この悪の手先になった感。

「わ、わかった……全て、飲もう」

「立場わかってねぇなあ、上から言うんじゃねぇよ。ハイだろハイ」

「…………は、い」

「そうそう、従順にな」

もう悪だった。悪役みたいっていうかチンピラっていうか、もう悪だった。悪魔だった。魔王だった。ここは地獄か。ルネッタはなぜ、こくこくと頷いていられるんだろうか。なぜあんなにも、黒曜石のような瞳を輝かせているのだろうか。

「……魔王の花嫁って感じですよね……」

「…………悪影響を与えているって言葉が思わず浮かぶのはなぜかしら……」

リヴィオと二人で乾いた笑いが浮かぶソフィである。

「じゃあ次だ」

まだあるの？

「まだあるのか！」

「あっちゃ悪いかよ」

悪いか良いかで言えば、悪い気がするのはなぜだろう。

誰も二の句が継げないのを確認すると、ヴァイスは「安心しろ、最後だ」と、ニヤリと笑った。

全然安心できない笑顔だった。

「貴殿には、離れで一生を過ごしてもらう」

「……わ、私を、監禁すると言うのか！　他国の、蛮族如きが！」

「人聞きが悪いな。あんたたちが魔女にしたような仕打ちは一切しないさ。それなりの屋敷で、それなりの衣食住を用意しよう。ただし、外部との連絡は許さない。屋敷から一歩も出ることを許さない。娯楽なぞもっての外だ。屋敷にはルネッタが結界を張る。使用人は、俺に直々に喧嘩を売ってくださった連中にしよう。随分と仲が良さそうだったもんな？　仲良く結界の中で暮らせるぜ」

なるほど、事実上の投獄である。

死ぬこともなければ、粗末な牢に入れられるわけでもない。仲良しの使用人もセットなのだから、魔女たちが受けてきた扱いと比べれば、天と地ほどの差がある。

ただ、王はもう二度と、この国の政《まつりごと》に関わることが許されない。

復讐など、もってのほかだ。その瞬間、手記の内容が公開され、王家の罪で国が呪われ続けた過去が明らかになる。しかもその手記は、城を一人で吹っ飛ばせる最強の魔女の手にあるわけだから。

「嬉しいだろ?」

「…………………は、は、いっ」

王は、唇から血を流すほど悔しくても、頷くしかないのである。

全てを奪われ、それでも殺されない。けれど生かされもしない。

ただ生きながら死んでいく人生。

――とはいえ。巻き添えを食らった「使用人」がどこまでまっとうに仕えるのかは、甚だ疑問である。ご一緒に結界の中から出られず、一生を捧げにゃならんのだから。さて彼の人生は、いつまで続くのだろうか。

ならばもういっそ手記を公開すれば、と玉座に齧りついたとて待っているのは地獄なのだから、結局、王は頷くしかない。

「…………僕、ウォーリアン家に生まれて良かったたって今初めて思いました」

「わたくしも、初めて自分の人生に感謝していたところですわ」

ヴァイスの敵として生きていなくて、ほんっっと良かった！　リヴィオとソフィは頷き合った。

「よし。ルネッタ、録音したな」

「はい。魔法石にバッチリです」

「書記官、書き留めたな」

「はははははいっ、た、確かに！」

「！」

誰！

ソフィとリヴィオが身体を起こすと、王の後ろに、小さなおじいちゃんがいた。長い羊皮紙とペンを持っている。いつからいたんだ！　側には、一緒に階段を下りていた白いローブの魔導士たちもいる。

「ぼっちゃんが王を引きつけている間に、そいつらに連れてこさせたんだよ。元宰相様だ。最後のシーンには間に合って良かったぜ」

そういえば、リヴィオが雷や火の玉を避けていた時、ヴァイスの姿はなかった。それで、最後にヴァイスは背後から現れたのだ。

手記について話している時は、このどさくさで宰相の職を奪われた「書記官」はいなかったはず。ということは、本当に最後の最後。あのおじいちゃんがいることを確認して、ヴァイスはこの契約の話を始めたのだろうか。

外見だけじゃなくて、やり口も恐ろしい上に、わりと行き当たりばったり。そのくせ、知能犯なのだから、もう、恐ろしすぎじゃあなかろうか。

絶対に敵にまわしてはいけない、とソフィは心に誓った。

でも。

ま。

ヴァイスが管理する新しい国は、ながーい歴史をかけて女の子をいじめた国より、きっとずっと素敵な国になるだろうな。

だって、ルネッタがあんなに瞳を輝かせるのは、あの簒奪王の側にいる時なんだもの。

「さて、ひとまずは書記官殿に任せるとして……腹減ったな。どっかで休むか」

簒奪王様は、地面にめり込んでんじゃないかなってくらい、もう心身ともにぼろぼろな王を満足げに見下ろした。

話が終わったことを確認したルネッタは、とんとんとヴァイスの腕を叩く。ヴァイスは考えるように一拍置いて、溜息をつき、それからルネッタを地面に下ろした。

ふわりと黒いスカートと髪を揺らして着地したルネッタは、鞄から透明の魔法石を取り出す。ルネッタの片手くらいある、透明の魔法石だ。

それをルネッタは、ごろごろごろ、っと大量に地面に並べていく。小さなポシェットから、次々と魔法石が転がり出てくるのは手品のようだ。ルネッタお手製の魔法がかかった鞄ってだけだけど。

ま、「だけ」と言うには、その魔法はあまりに高度であるが。

ルネッタは、一つだけ魔法石を掌に置くと、目を閉じた。

ふわりと髪と目が赤く光ると、魔法石にも赤い色が灯《とも》る。

「あ、あのサイズを、あんなにいっぺんに……」

「しっ、聞こえるぞ」

聞こえとるっつーのな。まあでも、ソフィも、こそこそ指を差す魔導士たちの気持ちがわからんでもなかった。

だって、ソフィの知る魔導士は皆、一つ一つに時間をかけて魔法石を加工していた。

なのにルネッタときたら、ひょいひょいと魔法石を量産してみせるのだ。ソフィでさえ驚きを禁じ得ないのだから、本職から見ればその驚きは一層だろう。この「驚き」が、彼らにとっては「異端」なのだろうってところが、腹立つんだけども。実に実にくだらん。

ルネッタが、薄い赤色に輝く魔法石に、ふう、と息を吹きかけると……なんと魔法石は一斉に、空に浮き上がった。

「それは？」

「声を飛ばす魔法石の応用です。もう一つの魔法石で、いつでもこちらの様子を確認できます」

ヴァイスは、ルネッタの掌にのった魔法石を覗き込み、へえ、と声を上げた。

その声に惹かれて、リヴィオとソフィもルネッタに近寄る。

綺麗な球体の魔法石の中には、ぐったりと地面に伏す王と、その王に回復魔法をかける魔導士や、周囲に説明をする忙しそうな書記官のおじいちゃんの頭が映っている。しばらくすると、まだ事態が把握できていない人々の顔、瓦礫、と細かく映像が切り替わった。

ソフィが空を見上げると、ふよふよと、うっすら赤く光る魔法石が空を漂っている。

「監視できるってわけですね」

リヴィオが感心したように言うと、ルネッタはこくりと頷いた。

「魔法石を壊そうとしたり、禁止事項を犯そうとしたりすると、こちらの魔法石に知らせ、盛大に爆発します。気をつけてくださいね」

ルネッタが真っ黒の瞳で、魔導士や王に向けて言うと、すでに爆発する魔法石を渡されていた、なんだっけ。なんとかって男が「あの」と声を上げた。

「禁止事項、とは、なん、ですか」

敬語だった。

随分と大人しくなった彼の学習能力だけは、評価して良いかもしれない。

「内緒です。じゅうじゅん、に過ごしてください」

ルネッタの学習能力もかなりハイレベルだった。駄目ですよー隣にいる人の真似しちゃろくな大人になりませんよー！　なんてな。嘘だ。やれ！　やってやれ！

人生、我慢をしても良いことはないのだとソフィはこの一五年間で、よーっく学んだ。我慢して堪えて飲み込んで、生まれるものは混沌《こんとん》と諦めなのだから、今思えばなんとも非生産的である。一見、トラブルなく物事が進んでいるように見えるので効率的に思えるところがタチが悪い。色んな気力が着実に削《そ》がれていくから、やっぱり非生産的なのにね。

まー、何でも好き放題我儘を言うのはただのお子様なので、大事なのはタイミングと内容なのだろうな。ソフィとルネッタは、このタイミングと内容が、さっぱりとわからんまま生きてきたので、塩梅てえのがわからん。だから仕方がない。

「……わ、私の魔法石については、その」

「まだ持っていてください。あなたは見張り役です」

たとえ、人道的ではなさそうな発言であっても、だ。

ルネッタを含めた「国殺しの魔女」たちが、人道的な扱いをされてきたとは到底思えないので、ここは因果応報ということでひとつお願いしたい。

爆発する魔法石をポケットに入れられたままの魔導士が、王の隣に膝をついたのを眺めながら、ソフィはルネッタに耳打ちした。

「……ちなみにアレ、本当に爆発するんですか？」

「しますよ。音だけですけど」

めっちゃ人道的だった。

いわゆるペテンってやつだな。もし万が一爆発したとしても、被害がないなら遺恨も残さない。ヴァイスの婚約者がなかなか板についた手口である。

「あの浮いているやつも？」

「はい。内緒ですよ」

「かしこまりました」

ソフィがおどけて言うと、ルネッタはちょっとだけ首を傾げて、それからこくんと頷いた。

それから、くるりと振り返り、王と魔導士たちを眺める。

ルネッタは、すう、と黒い瞳を伏せた。

冷えた黒い瞳は、鋭く静かに、怒りと愉悦を揺らす。

「ずっとずっと、見ていますからね」

男たちは、一斉にこくこくと人形のように頷いた。

「結局、ルネッタ様が怖いみたいな空気になってますけど大丈夫ですか？」

「怖いから排除しよう、じゃないから良いんだよ。あとは積み重ねだろ」

ソフィの背後で、小さな声で交わされるリヴィオとヴァイスの会話に、ソフィは、なるほどなあとこっそり頷いた。

ふざけた歴史をスッキリぶち壊し、しっかりと脅しをかけたルネッタは、再びくるりと振り返り、こちらを見る。ひらひらと舞う黒い髪とワンピースが蝶々《ちょうちょ》みたいだ。

「もう良いのか」

ヴァイスが問うと、ルネッタはこくりと頷いた。

「はい、帰りたいです」

「一休みする、じゃなくて?」

ソフィの質問に、ルネッタはまたこくりと頷く。それから、鞄に手を入れると、にゅ、と長い棒を引っ張り出した。にゅう、と引き出したそれは、魔法を使う杖だ。赤い魔法石が、ルネッタによく似合っている。

「転移の魔法陣は覚えました。発動するためには、座標となる片割れの魔法陣が必要ですが、私なら、お城の研究室にある私の魔力を込めた魔法石で代用できます。だから、帰りたいです」

こん、と杖を地面に打ちつけたルネッタに、ヴァイスは頭を抱えた。

「……覚えたての魔法を使ってみたい、じゃなくてか」

「……そうじゃない、わけでも、なくは、ない、ですが」

ルネッタは、そっと視線を逸らした。

試してみたいんだろうな。

何せルネッタは、魔法を使ってみたい、とヴァイスに自分を殴らせようとした魔女さんである。

うずうずしとるんだろうな。ソフィが思わず笑うと、ルネッタは「でも」と視線を戻した。

「帰りたいのも、ほんとです」

「……帰りたい、か」

はあ、とヴァイスは前髪をかきあげた。

黒髪が、ぱさりと落ちる。

まあいいか、と小さく笑うヴァイスの気持ちが、なんとなく。なんとなくだけど、ソフィにはわかる気がした。

ルネッタが生まれた場所はここだ。

生きてきた場所も、ここだ。

けれど、ここはルネッタにとって逃げ出したい場所で、ぶっ潰したい場所でしかなかった。

ソフィは、ちらりとリヴィオを見る。

視線に気づいたリヴィオは、長い睫毛でぱしりと瞬きをした。空《くう》を切り、光を反射する美しい瞳。

優しいブルーベリーが、ゆっくりと細められて、そっとソフィの手を取った。

あたたかくて、大きくて、力強い、掌。

ソフィが帰りたい、と思う場所は、この体温がある場所だ。

ソフィは微笑んだ。

きっと、どこにでも行けることではなく、どこへ行っても帰りたい場所があることが、幸福ってやつなんだろね。

ルネッタが、「帰りたい」と口にできるように。

「じゃあ、まあ、帰るか」

「はい！」

元気の良いお返事に、リヴィオが笑った。

「抹茶とカタフを迎えに行かないといけませんね」

そう、賢くて強いお馬さん二頭は、実はまだあの森にいるのだ。

だって、まさかお城の中にお馬さんと一緒に転移するわけにはいかない。うっかり見つかってしまっては二頭に危険が及ぶし、何より言い訳のしようがない。え！　なんで馬が城の中にいるの⁉　うーん、迷子かな？　なんて、無理がある。どんな迷い方だ。アグレッシブ方向音痴な馬なんて聞いたことない。

そんなわけで一行は、主の帰りをじっと待っているだろう、強きお馬さんをお迎えに行かねばならないのである。

ルネッタはこくりと頷いた。

「まずは、この人に書いてもらってきた魔法陣を座標に、森に戻ります。そこでもう一度魔法陣を書いて、お城に帰りましょう。ああ、またすぐこちらに来られるように、ここにも魔法陣を書いていた方が良いですよね？」

言いながら、ルネッタは杖を持ってガリガリと土に魔法陣を書き始めた。ルネッタの髪と目、そして魔法石が光っている。なるほど魔力を流しながら書くのか、と淀みなく刻まれていく魔法陣をソフィが見ていると、ヴァイスが「ああ」と短く返事をした。

「城から人を寄越さねーとだからな」

「ねえルネッタ、もう一つをわたくしが書いても、魔法陣は発動するかしら」

ソフィがそろそろと手を上げると、ルネッタは、ぱちりと瞬きをした。

「覚えているんですか？」

「ええ」

リヴィオが驚いた顔で見下ろしてくるので、ソフィは首を傾げる。

「ちょっと見ただけでしたよね？」

「じっと観察しましたけれど」

「いやいや、ソフィ様記憶力すごいですね？」

「初めて言われましたが……」

「あ、久しぶりに腹立ってきた」

え？

目頭を押さえるリヴィオを見上げていると、「ソフィ」とルネッタが手招きをした。ソフィはそっとリヴィオの手を離して、ルネッタに駆け寄る。

「これあげます」

「え」

にゅ、とルネッタが鞄から引き出したのは、魔法の杖その二。柄の細工と、キラキラと輝くシトリンのような魔法石が美しい杖だ。太陽の光を反射して、黄色の光が降り注いでいる。

「良い魔法石が手に入ったのでつくったのですが、私とはあまり相性が良くなくて。ソフィの魔力にはぴったりだと思います」

「ほう」

低い声に振り返ると、アズウェロが興味深そうに、ルネッタの杖に大きな前足をかざした。

「これは確かに良い杖だ。そうだな、主の魔力と馴染《なじ》みも良さそうだ。主、これはもらっておけ」

「ええ」

待て待て。お供えしてもらい慣れた神様は簡単に言うが、そんな良いものを簡単に受け取れるわけがない。最高の魔女と神様が言う、「良い魔法石」を使った「良い杖」とは、一体どれほどの価値があるものなのか。鞄に引き続き、国家予算レベルのものなのではと、ソフィは急いでそれを辞退した。

「そんな立派なもの、初心者のわたくしには分不相応です！」

「？　ソフィはもう初心者のレベルを超えていますよ。中級者以上、上級者未満、でしょうか」

「そういうことじゃなくて！」

「ではどういうことだ、主」

どういうって。え？　ソフィがおかしいのか？

そんな馬鹿なと助けを求め振り返ると、ヴァイスはどうでも良さそうに手を振った。なんだそのやる気のない顔。

「もらっとけよ。ルネッタは基本的に杖を使わねーし、宝の持ち腐れだ」

「はい。お城に適性のある人もいませんでしたし」

どうぞ、と目の前に差し出され、えええええ、とソフィは眉を下げる。だからといって、そんな簡単に受け取るわけには……。

「ソフィ。この魔法は魔力がかなり必要なので、杖がないとお手伝いしてもらえません」

「つ、謹んでお預かりいたします……！」

ルネッタよろしく、好奇心に勝てないソフィであった。


そんなこんなで、杖を使ってソフィとルネッタは魔法陣を書いた。

ルネッタは早々に書き終わり、ソフィの魔法陣に間違いがないか、きちんと魔力が行き渡っているか、などの確認作業をしつつ、アレンジの指導もしてくれた。術式を簡略化するためだったり、効力を上げるためだったり、といった意味があるらしい。ソフィは必死でそれを覚えながら、ガリガリと魔法陣を仕上げた。

そんなルネッタ先生の楽しい魔法陣教室が気になるのか、こちらをチラチラと窺う魔導士の視線もあった。ちょっと嫌な気分。近くで堂々と見るとか、質問するとか、できんもんかね。うぅん、できんだろうな。

ついさっきまで「国殺しの魔女」と、黒い髪と目の魔女を呪い扱いしていた連中だ。ここで、ヘイその魔法陣オイラも見せてちょ☆　はさすがに、さすがにだろう。いやあ、そういうメンタルも素直さも悪かないけども。もう少しそこは日をあけてほしいところ。

「本来は、膨大な魔力が必要なため、専用に加工した魔法石が必要なのですが、この魔法陣なら魔力をかなり節約できます。あとはアズウェロがいてくれれば怖いものなしです」

説明してくれるルネッタに頷き、ソフィがふうと額の汗を拭うと、リヴィオが「お疲れ様です」と微笑んだ。疲れた身体に染みる天使の微笑みである。

「では、ソフィの魔法陣を使って森へ移動しましょう。私の魔法陣には、うっかり手を加えられないように保護魔法をかけたので」

後半部分は、声が大きかった。消そうとしても無駄だぞ、という有難いご忠告である。

魔法陣は基本的に一度使うと効力を失うが、その前に手を出されてしまっては、またここへ移動してくることが難しくなる。その予防線というわけだ。

まあさすがに、城がない更地の状態でそんな愚行は犯すまい。多分。

「ソフィ、ここに杖を立てて、防御魔法を使うように魔力を展開してください。それから、森の様子を思い出してください。どんな木があって、どんな花があって、どんな空気でしたか？」

ソフィは目を閉じて、ルネッタの導きに合わせて景色を思い浮かべる。

あの森にあったのは……白い木だ。

雪を被っているかのような真っ白の木で、足元には小さな草花が茂っていて、神様と出会ってしまうくらい、空気が澄んでいた。

「魔法陣はどこにありましたか？　私たちを待っている馬はどんな様子ですか？」

魔法陣は、ルネッタが火の魔法で草を焼いたところに、男が書いた。どんな魔法陣か、ソフィはよく覚えている。

その近くで、真っ黒の抹茶と、真っ赤なカタフが待っているのだ。美しい鬣《たてがみ》を風に揺らし、二頭は「保護魔法をかけていますが、魔法陣をお願いします」と頭を下げたルネッタに、「あいわかった」とばかりに頷いた。二頭はモンスターに襲われていないだろうか。いや、もしモンスターと遭遇しても、軽く蹴飛ばしているに違いない。賢くて、強い、美しい馬。

会いたいなあ、とソフィの口角が上がった。

「ソフィ、私と、アズウェロの魔力を意識して、合わせてください。そうです。では、イメージして。外と内を隔てる感覚。遮断して、切り離して、そう、そして、繋げてください」

ソフィの、全身の血液が沸騰しているようだ。

ふつふつと粟立《あわだ》って、汗が落ちて、手が震える。ソフィは、思わず笑った。何が楽しいのか自分でもわからんが、身体の内側から恐ろしいほどの何かが吹き出し、押さえつけ、丁寧に絞り出す感じ。圧倒的な美しさと優しさに我を失ったあの夜のよう。ああ、はは、なんだろな。まるで、自分の身体じゃないみたいだ！

「唱えて」

『ディレクトリル！』

ごお！　と、ソフィの耳元で大きな音が鳴った気がした。

「ソフィ！」

は、と気づくと、狼狽《うろた》えたリヴィオの顔がすぐ近くにあって、はあ、と呼気が漏れた。

ソフィは、自分が息を止めていたらしいことに気づき、そして自分の身体がリヴィオの腕の中にあるらしいことに気がついた。

「……リヴィオ？」

「良かった、転移が終わってすぐ、倒れてしまったんですよ」

「え」

びっっっっくりした。

自分が倒れたこと？　うん。それもソフィはびっくりしたんだけど、そうじゃなくって、ぎゅううぅと、力いっぱいリヴィオに抱きしめられたからだ。し、心臓に悪い！

「びっくりさせないでください……」

それはこっちのセリフです、とはさすがに言えない。

ソフィはのろのろと手を上げ、リヴィオの背を叩いた。うーん、自分の手がこんなに重いだなんて。そういえば慣れない魔法ばかり使っているな、とソフィは反省した。

「ごめんなさい」

リヴィオを幸せにするために強くなるって決めたばかりなのに。

しゅん、とソフィが眉を下げると、ヴァイスが笑った。

「嬢ちゃん、謝り癖ってのはよくないぜ。自分と相手の価値を下げちまうからな。うまくいったんだから、いーんだよ。笑っとけ」

「お見事、です」

ルネッタが頷くと、アズウェロが「うむ」と拍手をしてくれた。もっふもっふと巨大な前足で。可愛いな。ソフィは笑った。

「リヴィオ、心配してくれて、支えてくれて有難う」

「もう、そうやって笑ってくれるなら、なんでも許しちゃいますよ」

もうって。もうってなんだかっわいいな。身体を離して、ふふ、と笑うその笑顔こそ、ソフィの疲労を吹っ飛ばしてくれる。

頑張って新しい魔法に挑戦して、成功して、最後にこんなもう世界中に感謝して泣きたくなるような殺傷力の高い美しい笑顔をもらえたら、ここはソフィにとって楽園だった。

「いてっ」

それから、ぱこん、とリヴィオの頭を小突く抹茶がいたら、もはや天国だ。

たとえ、二頭のお馬さんの近くに、モンスターの死体の山が築かれていたって、んなもん、些細《ささい》なことである。

みんな元気で何より！

九. はじめての

赤い光が消えると、そこはまるで秘密基地のようだった。

たくさんの瓶、薬草、本、羽ペン、魔法陣や走り書きがびっしりの羊皮紙、色とりどりの魔法石。所狭しと並ぶそれらは、ごちゃついているのに、妙にしっくりきている。本で読む「魔女の部屋」を絵に描いたような景色だ。

「わあ……！」

ソフィが思わず声を上げると、ふふ、と美声が身体の真ん中で響いた。

「ソフィ様、楽しそうですね」

声の持ち主は勿論、一人で歩けないソフィを支えるために、ぴったり身体をくっつけた、笑顔が眩しいリヴィオだ。

いつかの夜のようにソフィを支えてくれる逞しい腕、身体、そしてご尊顔。

変わったのは、リヴィオの片手がソフィの腰にまわっているところだろうか。

そう。ルネッタの魔法による転移後、よろよろと立ち上がったソフィを支えたリヴィオは、迷いなく、ソフィの腰に手をまわしたのだ。

ソフィは、ふうん、と思った。ふうん。すちゃっと浮かれ脳みそ君が鈴を用意して構える。出番ですか？　うむくるしゅうない。なんて、あは。

実はソフィ、とっても良い気分なのだ。

リヴィオと二人、城を逃げ出した夜。

あの夜、リヴィオの手はソフィの肩にあった。うずくまるソフィに手を伸ばすことさえ躊躇っていた、騎士然としたリヴィオニス。そんなリヴィオニスをソフィーリアは好ましく思ったわけだけど。その正しい距離感がなくなったことが嬉しくて、気恥ずかしくて、どうしようもなく胸が温かくなる。

見上げるソフィに、リヴィオは目を細めた。

「だって、秘密基地みたいなんですもの」

「たしかに」

笑いながら、きゅっとリヴィオが近い距離をさらに近づける。リヴィオはとにかくデカイので、頭三つ分ほどの距離がある。ので。頭にくふっと頬擦りされるようにくっつかれて、ソフィの胸がぎゅううううと圧迫された。可愛い。苦しい。

「ああ、やっぱり耐えられませんでしたか」

静かな声にソフィが視線を動かすと、ルネッタが座り込んでいた。

ガラスの破片のように砕け散った魔法石を、光に透かして見ている。

「魔力は……やっぱり空《から》ですね」

「それ何つくってたんだ?」

ヴァイスが問うと、ルネッタは破片を放った。

「何、というわけではありません。フェルに大きな魔法石をもらったので、魔力を蓄えられる許容量を知りたくて魔力を込めていただけです」

「結果は？」

ソフィが質問をすると、ルネッタは「さあ」と首を傾げた。

「かなり魔力を注ぎましたが、まだいけそうだったので実験途中のままなんです。……ただ、座標としての魔法陣がなければ、やはり目印となる大きな魔力に加えて、移動するためにも莫大な魔力が必要になることがわかりました。つまり、高濃度の魔法石と莫大な魔力さえ用意できれば座標の魔法陣は必要ない、という貴重な実験結果を得られたわけです。どちらが効率的かは状況によりそうですね」

その言葉にソフィは、うーん、と微笑んだ。

これ、やっぱり帰りたいってだけじゃなかったんだろうなあ。ひどい目にあっても、嫌な過去と対面する羽目になっても、ルネッタの目は輝いている。今すぐ色々試したいって顔に書いてんだよな。

ソフィはルネッタのそういうところを、良いなあ、と思った。

嫌味じゃない。卑屈になってるってんでもない。

ただの感想だ。

ソフィは長いこと、立派な王太子の婚約者、立派な王太子妃、そして立派な王妃、としての自分を描き、そのためだけに生きてきた。

そこには一切の感情も私情も許されず、完璧であることを求められ、またソフィ自身も、自分にそれを求めてきた。

例えば、ヴァイスが相手だったら、違っていたのかもしれない。

完璧？　と鼻で笑いそうだものね。この王様。見よルネッタの、のびのびした様子。大変に素晴らしい。

ただ、ソフィの相手はあの王子で、ソフィの両親はあの夫婦だった。

環境が違えば求められる役割も変わるものだ。つまりは、ソフィには趣味の時間などなかったのだ。

発声のためのトレーニングをしたり、こっそり魔法の練習をしたり、王妃がくれる本を読むことが、公務や教育の息抜きだった。

だから、ルネッタが教えてくれる魔法の世界が、ソフィは楽しい。

だがルネッタのように、色んなあれそれがどうでもよくなるくらいのめり込めるか、といえばそれは違う。所詮はただの興味。がじがじと魔導書の端っこを齧っている程度のものだ。

良いなあ、とソフィは破片を眺めているルネッタに思って。うん？　と首を傾げた。

良いなあ？

良いなあ、なんて。誰かを、羨むなんて！

まあこんなもんでしょう、と世界を薄目で見るように生きてきたソフィにとって、これまた新鮮な感情であった。あんまり気持ちの良いもんじゃあないがな。

はあ。いやしかし、ソフィが知らなかっただけで、人はこんなにも、複雑な感情を様々抱いて生きていたのかと。ソフィはちょっと感心しちまう。生きるってめんどくさいのねえ、なーんて笑っとけ笑っとけ。

いやあ笑っておかないとね、じゃないとね、なんだかソフィは落ち込みそうだった。

わたくしはなんて、おもしろみのない人間なのかしら。

冗談でも、だから王子とうまくいかなかったのか、なんて思いたくもない。自分を否定するのはやめたのだから。

「ソフィ様?」

まさかソフィの心の動きに気づいたのだろうか。いや、そんなわけがない。落ち着け落ち着け。

表情には出していなかったはずなので、ソフィは「なんでしょう?」と首を傾げて見上げた。秘儀、質問返し。

リヴィオは、少しだけ眉を寄せて、でもすぐに「いえなんでも」と微笑み返してくれた。

紫の瞳は優しいけれど、油断ならない光を宿していたので、この場は騙されてやるけれど忘れぬぞ、というところだろう。

夢中になれるものがなくてルネッタを羨ましいと思っていました、と正直に告げることは躊躇われるが、リヴィオはそれを嗤うような男ではないし、ソフィとしては相談に乗ってもらいたい気持ちもある。

いつか話してみよう、と今は騙されてくれるリヴィオに、ソフィは心の中で頭を下げた。ごめんなさい大好きです。

「ルネッタ、後でやれ」

ぶつぶつと考察に入ったルネッタを止めたのは、いつも通りヴァイスだ。

腹減ったんだよ、と眉間に皺を入れたヴァイスは、扉を開ける。

意匠を凝らしたデザインの扉は、よく見ると防御魔法がかけられていた。ルネッタはここで、いろーんな実験をやっているんだろうな。具体的に知りたいような、知りたくないような。ソフィちゃん、複雑な心境である。

ヴァイスは扉を大きく開けると、「ちょうどいいじゃねえか」と喜色が滲む声を上げた。

「ジェイコス、飯の用意を。それから、客人をもてなす準備をしてくれ。指示が終わったら俺の部屋に来い」

「は…………は?」

ジェイコス、と呼ばれたのは小柄で真面目そうな五〇代くらいの男性だ。

ストラップがついた眼鏡の奥、優しそうな目で瞬きをして、ヴァイスをまじまじと見ている。

「へ、陛下の幻…………?」

「本物に決まってんだろ」

そういえば、ヴァイスは今頃、ルネッタと二人旅を楽しんでいるはずだった。

一足飛びで転移ができる魔法陣は、ルネッタの魔法のラインナップにはなかったし、使う予定もなかった。主の戻りはまだ先だろう、と見越していた人にとっては、驚き以外の何物でもない。

「?」

しかも、招いた覚えのない男女、のみならずお馬さんまでひょっこりと、主の婚約者の研究室から顔を出すのだから……そりゃ、ぴょんと身体が浮いたって仕方がない。

城内を歩いていて突然、いるはずのない人物に出会ってしかも馬まで出てきたら……そんな……。

ソフィならうっかり倒れてしまうかもしれんな。

「ろ、ロータス嬢ではありませんか!!!!」

「ご無沙汰しております……」

だからソフィは、申し訳ない、という気持ちを込め、丁寧にカーテシーでご挨拶をした。

このおじさま、優しいお父さんって顔をしているが、かなりの切れ者で、この国の宰相なのだ。

つまりは、先頭切って戦場に出る国王に代わって城を預かる、この国の頭脳《オブドラエル》である。当然、隣国の王太子の婚約者であったソフィとも面識がある。

どうしたものか、とソフィが良い口実を探していると、ヴァイスが「うるせぇなあ」と髪をかきあげた。

「この嬢ちゃんはソフィで、そっちの坊ちゃんはリヴィオ。お前の知るどこぞのご令嬢ご令息とは別人で、城まで送ってくれたバイトの侍女と護衛で、ルネッタの友人だ。わかったな？」

「「ゆっ」」

ソフィとルネッタは、顔を見合わせた。

友人？

友人って、あれだろ。紅茶片手に内容がない会話をしてみたり、愛読書の話をしてみたり、好きな男の話をしてみたりするやつだろ。なんかこう、ふわふわして、薄いピンク色で、花の香りとかしそうなやつだろ。

ソフィには「自称友人」はそれなりにいたが、そのほとんどが会話をしたことがなくって、そのくせソフィーリアがいないところでは王子の隣を狙ってソフィーリアを貶《おとし》めようとする、そんな人ばかりだった。恋愛小説に出てくるような、一緒に泣いて笑って悩んでくれるような女の子には、お目にかかったことがなかったわけである。ああこれも想像の産物なのだろうなあ、と思っていたわけだが。

ルネッタは、ソフィと愛読書している魔導書について盛り上がったし、ソフィの好きな男の子の話を聞いてくれたし、一緒にいるとワクワクしてキラキラして、本のインクの香りがしそうで、それで、一緒に泣いて笑って過ごした、わけで。

「そ、そふぃ……」

なんか、ひらたい音で呼ばれて、ソフィは瞬きをした。

きゅううん、と胸が高鳴る。

言っていい？　駄目？　と窺うようで、それでいて迷子のように不安そうな瞳に、きっと自分も同じ顔をしている、とソフィは微笑んだ。

こんなに幸せでいいんだろうか。

うーん、まあいいか。いいだろ。

だって、天使みたいに綺麗な、神様の最高傑作の手を取った時点で、ソフィはこれまでの人生と永久にさよならなわけだ。

遠慮したって始まらない。

欲しいと思うものは、頑張って手を伸ばそう。

ソフィは、ジェイコスに向き直った。

で。

「りゅ、リュネッタの友人のソフィと申します！　い、以後、お見知りっおききゅださいっ！」

噛んだ。

一回なら、噛んでませんけどって顔で誤魔化せたのに。

声が小さければ、なあに？　って顔でいけたのに。

大きな声でしっかりと正式に丁寧に、ソフィは噛んだ。

数千人の前でスピーチをしても噛まなかったのになあ、とソフィは熱すぎる自分の顔が爆発するんじゃないかと思った。

まあ。まあ、まあそれはさておき。ソフィにとって多分絶対生涯忘れられない失敗な気がするけど忘れたことにして。

すごかった。

すごかった……とソフィは、大きな椅子に身体を埋《う》めた。白い生地に桃色の花が刺しゅうされた椅子は、見た目が華やかで可愛らしいだけでなく、ふかふかでとっても座り心地が良い。背もたれを使うことを知らなかったソフィーリアならば、きっと体験できなかった心地良さだ。背もたれの魅力を知った今のソフィは最強だ。もうここから動かない。

ふうと息を吐くソフィは、部屋に一人だ。

城内の人をびっくりさせないようにと猫の姿になったアズウェロは、出されたクッキーにハートをキャッチされ、メイドさんのハートをキャッチ。厨房《ちゅうぼう》に興味津々な様子を見たメイドさんが、エスコートしてくれている。今頃、たくさんのクッキーに囲まれ盛り上がっていることだろう。

ヴァイスはリヴィオと二人でモンスターを担いで消えた。

モンスター？　うん、モンスターだ。

抹茶とカタフ。二頭のお馬さんは、馬がいるぜ襲ったれ、と言われたかどうかは知らんが、迫り来るモンスターを返り討ちにし、モンスターの山を築いとった。

馬という生き物の定義がわからなくなる瞬間である。

まあ、ほら。主が規格外だと、馬も並じゃやってられんのだろうきっと。努力の賜物ってやつだ。努力すれば人の言葉を解しモンスターを倒せる馬になるのか馬の努力とは、ってのはさて置いとけ。

ソフィは自分の常識の方を疑うことに決めたのだ。いつ決めたって、多分城を出る時だな。

奇跡の塊みたいな美形に手を取ってもらってあの場所を逃げ出すなんて、それだけでソフィの常識外だ。だったら今更、馬がモンスターを倒すのはありえない！　なんて、言うのはつまらんだろう。あるがままを受け入れ、あるがまま生きる。良いだろ。ソフィはそういう生き方をしてみたい。

で、だ。

抹茶とカタフが倒したモンスターの中には、デッドリッパーもいた。

デッドリッパー。なんだっけ、ってヴァイスの旅の目的である。

とある町で食べられるというモンスターの肉を目当てに隣国の夜会に参加し、街道を避け婚約者と二人で旅をしていたという、一国の王とは思えないエピソード。その話を知っているのかいないのか。王の愛馬カタフと、一緒にお留守番をしていた抹茶の二頭の馬は、デッドリッパーを仕留めていたのだ。

ソフィの背丈くらいある大きな白い熊を見たソフィの感想は、「アズウェロみたい……」というものだった。アズウェロみたい、っていうかアズウェロがモンスターの真似をしたわけだけれど、真っ白の熊、イコール、アズウェロという図式がソフィの頭にできちまってる。

そんなソフィが、白い熊みたいなモンスターの解体も肉も見られるわけがない。

それを察してくれたんだろうなあ。リヴィオは自分だって解体ができるくせに、「プロに解体してもらいましょう。やっぱりプロの方が美味しいですし」とヴァイスに提案した。そういうところが好きだ！　もう！　ヴァイスもヴァイスで、なぜとも否とも言わず、「いいな」と笑うのでソフィは困っちゃうな！

そんなわけで、ヴァイスとリヴィオは一緒に転移したモンスターを背負って移動した。城の外にある、モンスター料理を提供している店の店主を呼ぶらしい。

ルネッタは、ソフィと一緒にお風呂に入っても、ずっとブツブツと声に出しながら思考をしていた。初の転移魔法を使ったルネッタは脳の活動が止まないらしく、ソフィには理解できない話を繰り広げ続けた。

メイドや侍女はそんなルネッタに慣れているらしい。絶妙なタイミングで「そうですね」と相槌を打ちつつ、ルネッタをピカピカに磨き上げた。そんで、用意された部屋までソフィを案内すると「夕食までごゆっくりお過ごしください」と丁寧にお辞儀をした。

礼を返したソフィは、ルネッタに視線を合わせる。

「ルネッタは？」

「私はまだ元気なので、へーかのとこに行ってきます。人を送るなら早い方が良いと思うんです」

ルネッタがたっぷり脅しているとはいえ、傲慢なあの王や魔導士が本当に大人しくできるのか、たしかに不安である。宰相《ジェイコス》を部屋に呼んでいたヴァイスも、誰を国に送るべきか早々に検討を始めただろう。ソフィは頷いた。

「わたくしも何か手伝える？」

ルネッタは、すでに魔法を何度も使い、城に戻ってきたばかりだ。大丈夫かと問うソフィに、ルネッタは首を振った。

「私は魔力量には自信がありますが、ソフィは疲れたでしょう?」

こてん、と頭を倒して見上げてくるルネッタに、少し迷ってソフィは頷いた。ソフィが魔法初心者だってことは、ルネッタもよく知っている。嘘をついたってしゃあない。ちょっぴし悔しいけど。

「せっかくお風呂にも入ったし、ゆっくりしててください」

わかったわ、とソフィが大人しく従うと、ルネッタは満足そうに頷いたのだった。

そう、お風呂だ。すごかった。

ソフィは思い出し、ほうと溜息をついた。

城のお風呂は、すごかった。

ソフィーリアが育った部屋が三つは入りそうな広いお風呂は、口からお湯を出す獅子《しし》の像や、お湯の噴水もある豪華さで、これまたひっろい湯舟にはとても良い香りのする花弁まで浮かべられていた。お姫様特典なんだって。ちょっと意味がわかんないすね。

そして、財力と権力を見せつけるかのような、豪奢《ごうしゃ》なお風呂でピッカピカに磨かれたのはルネッタだけではない。

ソフィもまた、城のメイドと侍女によって身体を洗われ髪を洗われ香油を使ってマッサージされ、つやっつやのすっべすべのうっるうるだった。自分の肌が気持ちよくて、無意味に触っちゃう。

「なんて美しいお色の御髪《おぐし》なんでしょう。ペリドットを織り込んだ絹のようですわね」

「お肌も健康的でお美しくていらっしゃるわ。お化粧をするのは勿体ないかしら」

「でも、こんなにお可愛らしいのですもの。もっとお可愛らしくもっと華やかになるようにお手伝いするのが、わたくしたちの使命ではなくって？」

「その通りだわ！　マダム・ライディアの新作ドレスがきっとお似合いですもの！　ドレスに合うメイクをご提案させていただきましょう！」

てな具合に、とっても優しくてとっても仕事熱心なメイドさんと侍女さんによって、ソフィはキラッキラに磨きあげられた。

いやあ、すごかった。

人前でうっかり眠りこけるという失態を犯すほど、気持ち良くてぽかぽかする素敵時間。こんなに幸せで良いのかと、出会う人全てに問いかけたいくらいに、ソフィはほこほこに仕上げられ、ピカピカにドレスアップされたのだ。

ちなみにマダム・ライディアとは、この国で今一番人気のデザイナーらしい。高価なドレスなど、と恐縮するソフィに「ヴァイス様に叱られてしまいます」と、嫌味なく、かつ半ば無理やりに、メイドさんと侍女さんはソフィに綺麗なドレスを着せてしまった。

入浴中に手配したというのだから、恐ろしいほどの手際の良さだ。

薄い水色のドレスは、大きくも小さくもなく、ソフィの地味な顔に不似合いなリボンも大げさな宝石もない。ソフィが心から「可愛い」と胸が高鳴るデザインだった。

厚意と好意でできた、上品で可愛いドレスと部屋。そんな優しいものに囲まれて、ソフィは目を閉じた。

ほどよい倦怠感《けんたいかん》が、眠気を誘う。

目を閉じる前のソフィの視線の先では、すでに日が暮れ、窓から星の輝きが見えていた。

新鮮な野菜がとても美味しいサンドイッチと、アズウェロも夢中になるクッキーも、そろそろソフィの胃袋から姿を消している。お腹が減ってきたなあ、とソフィは目を開けた。国が違えば、食事も変わる。

食への興味に目覚めたソフィのお腹が、くう、と鳴った。ううん、身体って正直だ。

コンコン。

はて、今までこんなにまったりと無為な時間を過ごしたことがあっただろうかと、ぼんやりしていたソフィは、ふいに響いたノックに慌てて身体を起こした。

「はい。どうぞ」

声をかけると、ガチャ、と控えめにドアが開いて、ソフィは停止した。

横に流した夜のような髪に、野外を知らないのではと思わされる真っ白の肌、艶めくアメジストを縁取る、空を切るような長い睫毛。リップを塗っていらっしゃいますかと問いかけたくなるような色のある唇。長い手足で着こなす、国宝級の美貌を引き立てる白いジャケットとパンツを引き締める黒いシャツが、彼が地上の人であることを知らしめるようで。ジャケットに付けた薄緑の宝石は、ソフィが天使を地上に留めているかのような背徳感さえ覚える。

つまり、ソフィと同じく磨きあげられたリヴィオの姿に、ソフィは気を失う寸前だった。

え、格好良すぎ美しすぎ素敵すぎ。

ソフィとしっかりと目が合ったリヴィオは、はっとしたように扉を閉めると、頰を染めた。

「ソフィ様、一層お美しくていらっしゃいますね」

こっちの台詞じゃーい！　って話だ。美しいって言葉が実体化したんじゃないか。美しいという

言葉が「僕に美しいという言葉は荷が重いです彼に譲渡します！」と宣言するんじゃないか。そんな人に褒められたってお前、嬉しくない。わけがない。は？　好き。幸せ。

勘違いしてほしくないのが、ソフィだって、イケメンに褒められただけで嬉しい、と有頂天になるほどお手軽脳みそ君ではないぞ、ってとこだ。

大好きなリヴィオが、きっと本気でソフィを褒めてくれている、そう思うからこそ、浮かれ脳みそ君が、鈴を片手に頭を転がり飛び出していくのだ。シャンシャンシャン、と頭の外を駆けまわっている。帰ってこい。

「リヴィオも、一段とかっこいいです」

「うっ」

だからソフィは、立ち上がって、凜々しい装いのリヴィオに微笑む。

リヴィオは、胸を押さえて天を仰いだ。

「そんなに可愛くて僕をどうするおつもりですか……！」

血迷っとるな。そんなことを言うのは、世界でただ一人リヴィオだけだろう。リヴィオの趣味がおかしくて良かった、とソフィはリヴィオの手を引いた。

背の高いリヴィオを見上げ、首を傾げる。

「ルネッタの侍女の方が、いつでもお茶が飲めるようにセットしてくださっているの。座りませんか？」

「今日は僕の命日ですか？」

「怖いことを言わないで」

「かっわ……！」

リヴィオは目を閉じてプルプル震えた。

だから可愛いのはそちらでは。

ソフィが座っていた椅子の向かいにリヴィオを座らせ、ソフィはポットを手に取る。

ルネッタ考案の魔法石を底に埋め込んでいるというポットのお湯は、未《いま》だ温かい。茶葉を入れてくれているティーポットにそのお湯を注ぎ、蒸らす。茶葉が広がるのと同時に鼻をくすぐる良い香りに目を細めながら、ソフィはさて、と考えた。

言うか。否か。

これを言うのは、ソフィの自滅を意味する。ソフィだって恥ずかしいのだ。けれど、やっぱり、どうやったって、嬉しくもあるわけで。

覚悟を決めたソフィは、顔を上げる。

「一つ聞いても良いでしょうか」

「は、はいっ」

顔を上げると、リヴィオとバチッと目が合った。

え、ずっと見てたのか？　うん、見ていたんだろうなあ。

ソフィだってリヴィオを見ていたい。ずるいな、とソフィは視線を下ろし、カップにお茶を注いだ。

「……ねえ、リヴィオ」

「なんでしょう」

なんでしょう、だって。

綺麗な顔ですましちゃってさ。かっこいいんだから、もう、とソフィは内心、浮かれ脳みそ君と転げまわりながら、静かにカップをリヴィオの前に置いた。

リヴィオが、カップを持ち上げる。

グローブをしていない、細くて長い、でも男性らしいごつごつとした指が、ハンドルをそっと摑んで、流れるように口に運ぶ。

まさしく天地創造の神による最高傑作。

ほう、と見惚れながら、ソフィはそれを口にした。

「もうソフィと呼んでくださらないの？」

一生見ていても飽きないんじゃなかろうか、という美しき騎士は、盛大にむせた。

「さ、さっきは気が動転していて……」

咳き込んだせいで涙目になったリヴィオに見上げられて、ソフィの心臓はどっこんと跳ねた。

かっっっっわいい。一等賞。かわいい。うるうるのブルーベリーに、まっかなほっぺ。いやしかし、ソフィが見上げるほど背が高いくせに、上目遣いってどういうこと。毎度どうやってんだそれ。意味がわからんが、意味がわからんほど可愛い。

「…………そんな顔しても、騙されませんん」

嘘だった。

もう呼び方とかどうでも良いかしら、とソフィは思った。可愛いし。こんな可愛い顔を見せられてりゃ不安に思うことも一つとしてない。ならもう良かろう。可愛いし。無理強いして呼んでもらってもなんか違うし。あと可愛いし。な。

ただ、ただちょーっと残念なだけだ。

ソフィは、誰かに自分の名前を親しげに呼ばれるくすぐったさを知ってしまったから。ルネッタが「ソフィ」と呼んでくれるように、リヴィオも呼んでくれたらなあってのは、我儘な欲張りだ。ちょっとだけ寂しいな、なんて思う自分にむしろびっくりしとるんだ。新しい自分よこんにちは。ちょっと人見知りしちまうのはご愛嬌《あいきょう》。あんまり好きな自分じゃないが、多分嫌いでもないのでそのうち、まあ仲良くなれるだろう。

ふふ、とソフィは、眉を下げるリヴィオに微笑んだ。

「冗談ですわ。ご無理なさらないで」

ソフィはリヴィオを困らせたいわけではない。

いや、この可愛らしい顔を見てしまうと、困らせたいわけではないことも、ないかもしれないが。いつぞや封印した扉が、ガタガタ音を立てている。ええい、出てくるんじゃない。

ソフィはなんでもない顔で、ティーカップを持ち上げた。

紅茶の香りを楽しみながら、こくりと味わう。口内で広がる香りにほっと一息つくと、リヴィオが「そんな悲しい顔をなさらないでください」と小さな声で言った。

「え？」

「悲しませたいわけじゃないんです……」

そんな顔をしていただろうか。

カップを置いたソフィは、自分の頬に手を添えた。

悲しんじゃいないし、いつも通り笑ったつもりなんだけど。はてとソフィが首を傾げると、リヴィオはくしゃりと前髪をかきあげた。ああ、せっかくセットしているのに！

「ソフィ様は僕にとって、ずっと手が届かない初恋の人で、憧れの人だったんです。貴女の側に行きたくて、貴女のようになりたくて必死でした。……貴女は、僕の特別なんです」

きゅ、と眉を寄せて悩ましげに見られてそんな風に言われて、これ以上何が言えようか……。

乱れた髪がとんでもなくセクシーな、男女問わず泣かせてきましたって顔しておいて、ソフィの名前を呼べないなんてそんな話があるか。あるんだな。もうなんでもいいよ。この顔に逆らえるなんてきっと、あの日ソフィはリヴィオの手を取らなかった。

ソフィへの想いをいっぱいに浮かべた顔に酔っぱらっちまって、脳みそも心も浮き立って幸せで。だからソフィはここにいるんだ。

「リヴィオ、」

「だから少し時間をくれませんか！」

「え？」

もういいの。変なことを言ってごめんなさい。

そう言おうと思ったソフィは、必死そうに言うリヴィオに瞬きをした。

「貴女の願いなら、どんなことでも、なんでも叶えたいんです。僕は、貴女を喜ばせることができる男でありたい。……だから、少しだけ待ってくれませんか？」

はあ、やれやれ。そーんなもん、答えは一つだろう。

切なそうに震える夜空の瞬きみたいな瞳に見詰められて、ここまで言われて、忘れてくださいとか待てませんとか言える人、いる？　いるわけない！

ソフィはリヴィオに心からの笑みを向けた。もうどうにでもしてくれ。

「楽しみに、お待ちしておりますわ」

「ソフィ様……」

あの、あれだ。あれ、したくせに、とかな。ソフィだって、うん。思わなくもないんだが。

それを言うのは憚《はばか》られた。恥ずかしいし。責め立てているみたいだし。

それにリヴィオなら、すみません無礼でした以後気をつけます、とか言いそうだし本当にそれきり触れてこなくなりそうだ。それは違う。それは断じてソフィが求めた展開ではない。

ならばここは黙するが良かろうよ。大丈夫、不味くて吐きそうなものを飲み込んできた日々に比べれば、じっくり煮詰めたブルーベリージャムを飲み込むことくらい、ただの至福のひと時。ただのティータイムだ。誰かスコーンを持ってまいれ。

うふふと互いに微笑み合っているだけで、まるで陽だまりの中にいるようだ。実際のとこ、窓の外では夜空のお星さまがぺっかぺか輝いとるが、それもまた良い。リヴィオがいりゃ、ソフィはもうなんでも良いのだ。

そんな、心がほやほやあったまる二人の空間に、ノックが響いた。

びっくう！　と二人して肩を跳ね上げてしまい、ソフィとリヴィオは顔を見合わせて笑った。

食事ができたと呼ばれ食堂に行くと、書類を片手に眼鏡《めがね》をかけたヴァイスが顔を上げた。

ちなみに、髪を後ろで団子にして白いシャツを着ただけのヴァイスは、今更だがとても王には見えず、晩餐《ばんさん》の席にはどうかというラフっぷりである。無論、ソフィとリヴィオはそんなことを気にしないけれど、礼式通りに頭を下げ、メイドの案内に従って椅子に掛けた。

「少しは休めたか」

「はい。バイトとはいえ侍女ですし、今のわたくしには身分もありませんのに……このようにもてなしていただき、恐れ多いことですわ」

リヴィオもうんうんと頷くと、ヴァイスは眼鏡を外して胸ポケットにしまった。

「やめろやめろ。公式の場でもねーんだから、そう改まるな。お前らには俺とルネッタの友人として滞在してもらうんだ。これでも一応、王なんでな。俺のメンツのためにも、黙ってもてなされとけ」

すいと側に寄った側仕えに書類を纏めて渡すと、ヴァイスはくつりと笑った。

「二人ともよく似合ってる。俺はこうだからな。張り合いがあるってみんな喜んでるんだぜ」

なるほど。

にっこりと頷く側仕えとヴァイスを見比べて、ソフィは内心頷いた。

身支度を手伝う者からすれば、白いシャツを着せるだけというのは張り合いがなかろう。というかヴァイスなら手伝いを拒否してそうだ。

その点、客人という立場から断れないうえに、素材が良すぎるリヴィオのお世話は張り合いがあるどころか、山のように試着をお願いしたくなるかもしれない。ソフィだって、ちょっと交ざりたいと思うものな。

妙にソフィが納得したところで、ガチャリと扉が開いた。

黒い髪を結い上げ、黒いドレスを身に着けたルネッタだ。着飾っても全身真っ黒なのはさすがである。

「お前も少しは休めたか」

「はい」

頷くルネッタの後ろで侍女が静かに首を振った。ヴァイスと別れた後も魔法のことで頭がいっぱいだったんだろうなあ。侍女の疲れた眼《め》はなんとなく、頑張って連れてきました感、があった。お疲れ様です。

「……お前、あんまり侍女に苦労かけんなよ」

「へーかに言われたくないです」

似たもの同士だった。お似合いだな。

お似合いな二人が揃うと、料理が運ばれてくる。大きなテーブルに、ずらりと料理が並ぶのはなんとも圧巻の景色だ。

「無作法で悪いが、ちまちま運ばれてくるのは嫌いでな。まあ付き合え」

「たくさん並ぶのも楽しくて良いですね」

ソフィが微笑むと、ヴァイスは「だろ」と笑った。

そもそも、実家では一人で食事をすることが常だったソフィは、一つのトレイにのっかるくらいの料理が基本だ。たくさんの料理が一品ずつお上品に運ばれてくる食事は、王や要人との会食など特別な機会でなけりゃ出会わない。ソフィにとっちゃ料理が一度に並ぼうが、順序立てて運ばれてこようが、ひっくるめて「豪華な食事」なのだ。

厚いステーキや、艶々のパイ、豆が浮かぶスープに、ミルフィーユみたいに野菜が重なった綺麗な料理。数えきれないくらいに並ぶそれは、ソフィの心を躍らせる素敵な景色だ。

しかもよく見ると、それぞれの皿の大きさが違う。ルネッタのお皿は子供用でも小さいだろう、というおもちゃサイズで、ヴァイスとリヴィオは何人前用だろうかっていう大皿で、ソフィの前に並ぶのが多分、普通サイズだ。

何度か食事を共にしたヴァイスが、それぞれの食事量を指示してくれたのだろう。ヴァイスの、物言いや振る舞いからは少々意外に映るこの気遣いさんっぷりを、ソフィは改めて格好良いなと、こっそり感心した。こういう大人になりたいなあ、と心のメモに書き留めておく。

「んじゃまあ、腹いっぱい食ってくれ」

にか、と笑う顔が、ちょっと可愛いところもポイント高し。

ところで大皿サイズのお二人さんは、モンスターの肉を食べた後なのでは。

胃袋のサイズが謎である。

「で？　お前ら、仕事はどうする」

「今、さらっとこの国に住む体で話を振ったでしょう。その手には乗りませんからね」

すかさず返したリヴィオに、ヴァイスはち、と舌打ちをした。

一国の王に気に入ってもらえたというのは、まあ、嬉しくないこともないが。

「駄目ですよ。僕とソフィ様はまだ旅の途中なんですから」

「冗談だろ」

「冗談に聞こえませんでしたけどね」

うるせえなあ、とヴァイスはワイングラスを傾ける。

こくりと喉に流すと、静かにグラスを置いた。

「ま、お前らが欲しいっつーのは本音だからな。優秀な人材は、異国の人間だろうが、異種族だろうが、駆け落ちカップルだろうが、欲しいな」

ニヤリと笑う意地の悪い顔に、リヴィオとソフィは思わず言葉に詰まって、互いの顔を見た。リヴィオの頬が赤いのは、肉料理にとても合っている、樽《たる》の香りが良いフルボディのワインのせいではないだろうね。ソフィの頬もきっと赤い。

ソフィは、こほん、と咳《せき》払いを一つして、楽しそうに細められたヴァイスに目を合わせた。

「こちらのお城には、異種族の方もいらっしゃるのですか？」

「まあな。獣人族とエルフと、あとなんだ？」

ヴァイスが振り返ると、側仕えの男性が微笑んだ。

「陛下、私は魔族で、武器庫を管理する兵士はドワーフでございます」

「ああ、そうだったな」

そうだったな、って。

ソフィが瞬きすると、側仕えは笑みを深くした。

「陛下は他者を、身内、気に入った、使える、外交相手、気に入らない、使えない、としかカテゴライズされておりませんから」

「おい、人を馬鹿みたいに言うんじゃねぇよ」

「滅相もありません」

ふふ、と丸メガネの奥で綺麗に笑うそれは、多分、本心なんだろうね。誇らしそうな、嬉しそうな温かい瞳には、ヴァイスへの信頼しかないのに、当の本人は、不満そうにぶつぶつ言っているところがおもしろい。

「次の目的地はお決まりですか？」

側仕えが微笑むと、ああそれだ、とヴァイスは頷き人差し指を立てた。

「直近でうちから出てる航路は全部で三本だ。一本は、東の大陸まで出てる船だが、明後日には出航するから急いで旅支度しねぇと間に合わねえ。ついでに商船だからな。待遇は良くねぇぞ」

ぴ、とヴァイスは中指を立てる。

「二本めは、東の海を挟んだ隣の国往《い》きの船だ。一日程度で着くから初めての船旅にはちょうどいいだろうな。出航は二週間後の予定だ」

最後は、とヴァイスは薬指を立てた。

「南の国に往く船だ。一番豪華な旅客船だから嬢ちゃんにも安心だが、目的地がお前らの希望じゃないから、実質選択肢は二つだな」

ヴァイスはそのまま頬杖をつき、猫のように目を細めた。

「まあ、どの船もお前らを粗末に扱うことはねぇように言っておくし、すぐに乗れるように手配しておいてやる。いずれにしろ明日一日はあるからな。悩むでも準備をするでも好きにするといい。決まったら俺か、アーヴェ、もしくはジェイコスに言うように、近くの奴に声かけろ」

「申し遅れました、アーヴェと申します」

丁寧にお辞儀をした側仕えの男性に、ソフィとリヴィオも慌てて頭を下げる。

アーヴェの微笑みはぞっとするほど美しい。魔族には容姿が整った者が多い、という話をソフィは思い出した。ソフィの隣には、定期的に天使かな？　と頭を混乱させてくれるヒト族がいるので、魔族だから、というのは些《いささ》かナンセンスであろうが、年齢不詳で性別不詳な美しさは、なるほど、と思わせる魅力があった。

「……へーか」

「あ？」

ふいに、静かにカトラリーを置いたルネッタが、ヴァイスを呼んだ。

そういえばずっと黙って、もくもくと食事をしていた。ルネッタのためだけに用意されているんだろう小さな皿は全て、綺麗に空になっている。

「行っていいですか？」

「……ああ。今日はもう休めよ」

「………………」

「んな顔しても無駄だ。アイシャ、研究室に鍵はかけたな？」

ソフィには無表情にしか見えんので、どんな顔なのかわからんが。アイシャ、と呼ばれたメイドは「勿論でございます」と頭を下げた。ううむ確かに。そこまでしないと、夢中になったルネッタなら一晩中、研究室に籠もっていそうだ。というか多分、前科があるんだろうな。

「だから、んな顔しても無駄だからな」

「……わかってます」

「アーヴェ、図書室は？」

「鍵をかけてございます」

にこ、と微笑んだアーヴェにルネッタは固まった。表情はないのに、ぴしゃーと落ちる雷が背後に見えるようだ。前にもこんなんあったな。

「へーか」

「図書室に逃げる気だったろ」

「……部屋に帰ります」

「そーしろ」

諦めたように、ふうと溜息をついたルネッタは立ち上がり、丁寧にお辞儀をした。黒いドレスが、ゆったりと揺れる様は美しい。

「ソフィ、リヴィオさん、では失礼します」

「はい。ゆっくり休んでくださいね」

「おやすみなさい」

はい、と頷いたルネッタは、アイシャ、と呼ばれていた研究室の鍵を持ったメイドに先導され、部屋を出た。小さな後ろ姿を見送るソフィは、その扉をじっと見詰めてしまう。

「……ルネッタ、大丈夫でしょうか」

「あんな騒動の後ですからね」

頷くリヴィオに、ヴァイスは「そうだなあ」と笑った。

「まあ、それもあるだろうが……」

「何か他に悩みがおありなんですか?」

「さてな」

ふ、と落とすように浮かべる笑みは、意地悪そうで、優しそう。ヴァイスらしい笑みにソフィは首を傾げた。

「気が向いたら、様子を見に行ってやってくれ」

「わたくしが行って良いのでしょうか？」

「あんたが良いだろうな」

悩むルネッタに声をかけるのに、ヴァイス以上の適任者はおらんだろうとソフィは思うのだけれど。誰よりもルネッタを知る、そのヴァイスが行けというのなら、喜んで馳《は》せ参じるまでである。

「今追いかけても良いでしょうか？」

王の前で先に席を立つのは気が引けるが、あまり遅くなっても良くないだろう。無礼を承知でソフィが言うと、ヴァイスは頷き、控えているメイドに向けて手を上げた。

「茶でも持って、案内してやってくれ」

「かしこまりました」

少々お待ちいただけますか？　とメイドに問われて、ソフィは頷く。それからリヴィオの方を見ると、リヴィオはふわりと笑った。う、眩しい。

「明日、良かったら街に下りてみませんか？　航路のお話はその時に」

「はい！　楽しみです！」

元お嬢様なソフィは、街歩きなんてしたことがない。

宿に泊まった時も外に出そびれてしまったので、初めてのお出かけと言っても過言ではないのだ。

嬉しくて思わず破顔すると、リヴィオは両手で顔を覆ってしまった。

「かわ……」

「デートか。良いじゃねぇか、行ってこい行ってこい」

「おすすめマップをご用意しましょうか」

大人の微笑ましい視線に、ソフィの顔は一気に熱くなる。きっとワイン色だ。


準備ができたと呼びに来てくれたメイドさんの手によって、長い廊下にノックの音が響く。するとアイシャと呼ばれていたメイドが顔を出した。ソフィとメイドの顔を見ると、「少々お待ちください」と頭を下げて中へ引っ込む。

しばらくすると、扉が大きく開けられた。

「お待たせいたしました。どうぞお入りください」

ソフィはメイドに軽く頭を下げて、室内に入った。

研究室と反して、すっきりした部屋だ。クッションやソファも無地で、これはこれでルネッタらしい。

そのルネッタの姿が見えず、はてとソフィが思ったところで、バルコニーからひょいとルネッタが顔を出した。まだ髪もドレスもそのままである。休むところを邪魔したわけではないようだ。良かった、とソフィは微笑んだ。

「お邪魔してごめんなさい」

「……いいえ。まだ寝るつもりはなかったから」

「そうなのね。……えっと、そちらへ行ってもいいかしら」

窺うようにソフィが問うと、ルネッタはこくん、と頷いた。

それを見た二人のメイドが、バルコニーのティーテーブルに茶器を並べる。白磁に黒と金で花が描かれたティーセットだ。大きな花や、小さな花に、絡み合う蔦《つた》。複雑な絵柄だが、色がシンプルなので上品な美しさがあり、ルネッタとよく似合っている。

メイドの二人は、ルネッタとソフィが礼を言うと頭を下げ、退室した。よく気がつくメイドだ。さすがはヴァイスの城のメイドである。

二人になった室内で、さあ、と風がカーテンを揺らした。

穏やかな風と、遠くで虫の鳴く声が空気を揺らす、良い夜だ。

ソフィは、ルネッタに視線を戻した。

ルネッタは、不思議そうにソフィを見ている。

「……食事の席での、その、様子が気になって」

「……気を悪くさせたなら、すみません」

「違うの！」

ソフィは慌てて首を振った。うーん、難しい。難しいぞ。

困ったことに、交渉やプレゼンじゃない「会話」ってのが、ソフィは苦手だ。しかも、誰かを気遣って、悩みがあるの？　なんて問いかけるのは、初めてだ。どう切り出せば良いのか、どうすれば傷つけないのか、ていうか踏み込んでいいのか。え、みんなどうやってるんだ。

「な、悩みがあるのかなって、し、んぱいになって……っ」

結果、ソフィの口から出たのはオブラートどころか空気を切り裂くような、どストレートな言葉だった。死にたい。

はっは、見ろ。ルネッタが固まっておる。そらそうだよな。ぐう。

「ご、ごめんなさいわたくし、その、不躾ですわよね……えっと、」

「あ、いえ、その、心配、してくれてるって聞いて。ちょっとびっくりしただけなので、私こそごめんなさい」

「そんな、謝らないで。気を遣わせてしまったかしら、ごめんなさい」

「違います私の方こそ、こういうの、慣れてないから、その、ごめんなさい」

「そんな、わたくしが」

「いえ、私が」

「…………」

「…………」

謝り合戦に気づいた二人は思った。

これキリがない。

目で会話した二人はぱちんと瞬きし、ソフィは笑って、ルネッタは目を伏せた。

「……わたくしも、こんな風に誰かに声をかけるのは初めてだから、慣れていないの。だから、気を悪くさせてしまったなら申し訳ないのだけど……ねぇ、ルネッタ、その、貴女大丈夫？　あんなことがあったばかりだし、大丈夫じゃないと思うけど……」

開き直ったソフィがそう言うとルネッタは、ぱちぱちと瞬きをして、あんなこと、と首を傾げた。

前髪がさらりと揺れる。

「ああ、いえ。それはべつに。お城も壊したし、スッキリしたので、もう良いかなって」

もう良いかなって。そんな言葉で片付けて良いんだろうか。

ソフィはちょっと、だいぶ、かなり、驚いた。

「結果的に、私たちの存在や死を封印することは正しいことだったわけですし、魔女があの場所に封印されることはもうありません。だから、良かったなって。こういうの、なんていうんでしょうか。お天気が良い感じ」

あっけらかんとしたルネッタが首を捻るので、ソフィは嘘でしょうという言葉を飲み込んで微笑んだ。

「清々しい？」

「それです。スッキリしました」

それで片付けていいようなことではないと、ソフィなんぞは思うわけだが。

だって、一六年だぞ。

一六年間、ルネッタはまともな扱いがされない場所にいて、何人もの同胞が同じように苦しんでいた。周囲はお前のせいだと呪いだと恐れ責め立て、だがその先頭に立っていた王家こそが全ての原因だった。あれ？　思い返すだけでソフィのはらわたがぐっつぐつ煮えたぎってひっくり返りそうなんだが？

けれど当事者がこれで、そんで後のことはヴァイスがきっちり目を光らせるのだろうから。ならばソフィに残された言葉は数少ない。

「そう、えっとそれなら良かったわ」

良かったのか？　わからんが、はいとルネッタが頷くから、まあ良かったんだろう。

ソフィは温かい紅茶を一口。こくりと飲んでなんとも言えない複雑なそれを丁寧に飲み込んだ。

「じゃあルネッタ、他に何か思い悩むことがあるのかしら……？」

聞いて良いものだろうか、と思いつつも。ヴァイスに頼まれた責任をソフィは果たさなければならん。心配な気持ちとヴァイスの言葉を胸に、ソフィは勇気を振り絞った。

誰かの中に踏み込むというのは、ソフィにとって恐ろしいことだ。

ドキドキと、心臓が音を立てる。

無論、恋のトキメキなんて甘ったるいもんじゃない。不快に思われたら、嫌われたら、疎ましく思われたら。そんな後ろ向きな恐怖のドキドキだ。ソフィは、ぎゅ、と手を握った。

ルネッタが、眉を、寄せている。

ほっとんど表情を見せない、ルネッタが、眉を寄せているのだ。

そんなに嫌だったんだろうか、とソフィの心臓が音を立て、背中を嫌な汗が伝った。高価なドレスを着ているのに、とまた嫌な汗をかく。

「ご、ごめんなさいルネッタ、わたくし、余計なことを、」

慌てて謝罪を口にすると、ルネッタはふるふると首を振った。きゅ、と唇を噛む仕草に、ソフィの眉が下がる。

「違い、ます。ソフィは、悪くないんです。これは、私の問題というか、我儘というか」

「……それは、わたくしが聞いては、いけないことなのね……？」

ルネッタは顔を上げ、「あ、いや、ええと」と言葉を濁した。

きょろきょろと視線を揺らすルネッタに、ソフィの「余計なことを聞いただろうか」と焦る気持ちが、まあ待てと萎んだ。ソフィなんかより、ルネッタの方が動揺しているように見えたからだ。目の前に狼狽える人がいると、自分の方が落ち着いちゃうやつ。

ソフィは首を傾げた。

聞いてほしくなければ、ルネッタなら「ごめんなさい」と距離を取っただろう。ソフィもそうする。ソフィもルネッタも、人と何気なく会話をしたり、内面を見せることに慣れていない。ルネッタの生い立ちを知らずとも、そういうのは、こう、なんとなくわかるものだ。類は友を呼ぶってやつだな。

だもんで、はっきり拒否されないソフィは、思い切ってルネッタの名を呼んだ。

「ルネッタ！　嫌でなければ、聞かせてくれないかしら。わたくし、その、えっと、る、ルネッタと、えっと、ね、」

かあ、とソフィの体温が上がる。

過ごしやすい良い夜だったはずなのにな。暑い。ワインが今頃回ってきたかなー。なんて、んなわきゃない。ソフィは勇気を振り絞った。

「わ、わたくしっルネッタと、お友達になりたいわ！」

「！」

ぽん！　とルネッタから音がした気がした。

ルネッタの、淡くチークをのせた頬が、薔薇《ばら》色に染まる。美味しそうで可愛らしい色には、一片の嫌悪感もない。

ソフィは、ほう、と安心して微笑んだ。

「ヴァイスに、友人って言われて、わたくし、嬉しかった。今まで、お友達なんて、いなかったし、ルネッタが嫌でなければ……」

「や、やじゃないです！」

ルネッタにしては、大きな声だった。

言った本人も驚いたように目を見開き、口を手で塞いでいる。幼い子どものようで、かわいいな、とソフィは微笑んだ。

「……嬉しいわ。じゃあ、ルネッタは、えっと、わたくしの、初めての、お友達ね」

「……私も、初めてです。友達」

こくん、と頷くルネッタに、ソフィの心がぽかぽかと温かくなる。

もっと早く出会えたなら良かった、と小さなソフィーリアが大きな本をぎゅうと抱きしめた。

もっと早く、面白味なんてない、可愛くもない、つまらないソフィーリアを受け入れてくれる友がいたなら、ソフィーリアはきっと、少しは自分を好きでいられた。彩りのない日々も、きっと息ができた。

なあんて、詮ないことだわな。

あの日々があって、あの憂鬱を抜け出す勇気を持ったソフィだから、きっと、今、ルネッタにこんな告白みたいなことができるんだ。誰かに好意を告げられるのは、自分が嫌われていないと信じられるからだ。ソフィはそれを、よく知っている。

だから今、ここでルネッタという友を獲得できたのは、ソフィを可愛いと手放しで絶賛してくれ

るリヴィオのおかげなのである。やっぱりあの騎士は天の使いかもしれない。幸福を告げる天使様だ。

「えっと、じゃあ、ルネッタ。改めて、何か悩みがあるなら、聞かせてくれないかしら？」

何ができるわけでもないけれど、とソフィが天使様にもらった勇気を胸に問うと、ルネッタは小さな手を握った。きゅう、と握る拳の中には、きっとルネッタの勇気がある。

ソフィは固唾を飲んで、ルネッタの言葉を待った。

「…………ソフィが、行ってしまうから……」

「…………え？」

わたくし？

ん？　え？　ソフィは瞬きをした。

「わたくしが、行く、って、えっと。ヴァイスのお誘いを断って、旅を続けるからって、こと？」

「………もっと一緒にいたいです」

えええええ～なにそれ可愛い。可愛いな？　嬉しいな？？？？　え？　それで落ち込んでたの？？

別れを惜しんで？？　ソフィは、顔を覆って深く溜息をついた。

あ、なるほどリヴィオが顔を覆う時ってこういう気持ち？　えー何それ好きだ。誰を？　リヴィオとルネッタだ。最高の恋と最高の友を手に、ソフィの人生は春真っ盛りである。パンパカパーン！

鳴り響く素敵な音楽に涙が出そう。生きてて良かった。

「ソフィ、ごめんなさい私」

「違うわルネッタわたくしの胸は今人生の喜びに溢れているのよ」

「？」

　思わずルネッタの両手を握ると、ルネッタは首を傾げた。ぴよぴよと焦っている様子が可愛い。いや、幻想だけど。ルネッタは相変わらずの無表情だ。

「ねえ、わたくしの大切なお友達、わたくしの尊敬する最高の魔女さん。手紙をやり取りする魔法って、ないのかしら」

「！　声や映像ではなく、手紙。物質をやり取りする魔法ですか？」

「ええ。手紙なら、お互い焦らずに、ゆっくりやり取りができるでしょう？　それにわたくし、お友達からのお手紙って、憧れていたの」

　ソフィーリアは、建前が並ぶ招待状を受け取るばかりで、私的なやり取りなどしたことがない。自分宛ての手紙を受け取るってどんな気分だろな。ソフィーリアはずっとそれが、本当は羨ましかったんだ。

　照れを隠しながら言うと、ルネッタの黒曜石は、キラキラと輝いた。

「私もソフィのお手紙欲しいです。それに、おもしろそうです。今日使った、転移の魔法が応用できると思います」

「でも、魔法陣を地面に都度書いたり、大きな魔力が必要だったりするのでは不便よね？」

「はい。ただ、手紙であれば小さいのでそこまで魔力はいらないはずですし、魔法陣を持ち歩くか、魔法石を使うか……」

「受け取り側が、魔法陣や魔法石をしまっている状態でも送れないと駄目よね？」

「ああ、そうですね。私はともかく、ソフィは移動しているわけですし……となると空間を操作するような魔法も入れ込んだ方が良いでしょうか。いえ、それだと負荷がかかりますし、しまう場所をひとまず鞄に限定すれば、」

ルネッタは今、色んな魔法や術式を、頭の中に描いているんだろう。ソフィが目の前にいることを忘れているかのように、ぶつぶつと言葉を吐き出しながら、指が宙に何かを書く。魔法陣だろうか。

ソフィは、思わずふふ、と笑いを零してしまった。

はっとしたように、ルネッタが顔を上げる。

「ねえ、ルネッタ。わたくしは、まだまだ色んなものを見たいわ。色んな場所に行って、色んなものを食べて、自分の知らない自分と会ってみたい」

城に閉じこもって、明日を当たり前に受け入れて、まんじりと未来と睨み合う。そんな日々は全部捨ててきた。だからソフィは、もっと世界を見たい。世界を知りたい。

ソフィを価値ある生き物にしてくれたのは、城じゃない。

城の外へ連れ出してくれたリヴィオで、夜会じゃなくて城の外で出会ったヴァイスとルネッタだ。

自分のことを話すのは勇気がいる。

自分の想いを伝えることは、とても勇気がいる。

誰かの名を呼ぶことも、手を握ることも、本当は恐ろしくてたまらない。

自分のことが、この世で一番、信じられない。

でも、それでも、知りたい。ソフィはもっと世界を知りたいのだ。知った気になっていた、薄暗いモノクロじゃない、ソフィの知らない世界の顔を見たいのだ。

「だからリヴィオと行くわ。旅をしてみたいの」

はい、とルネッタは頷いた。

ソフィは、我慢が上手なルネッタの手を、ぎゅうと握った。

「だから、たくさんお手紙を書くわ。ルネッタも、たくさんお手紙をちょうだいね」

「はい。はい、私、書きます。お手紙たくさん書きます。だから、さみしいけど、行かないでって
ちょっと思うけど、魔法完成させますね」

うる、と滲む黒い瞳の正直さに、ソフィの視界も滲むけれど。

ソフィは握った手に力を込めて、頷いた。

「ええ。わたくしにも協力させてね」

それはとっても、良い夜。

キラキラした夜の話。

一〇 決意が咲いた庭

朝である。

ソフィは、にこにこ笑顔の優しいメイドと侍女によって、裾に紫の刺しゅうが入った真っ白のワンピースに着替え、長い髪は紫のリボンで束ねられた。うなじが涼しくて、可愛らしいワンピースにも不満はない。

街歩き用にわざわざ用意してくれた装いは、決して不満ではない、が、青みがかった紫は誰かさんを思い出させるのだ。絶対わざとだ。

ワンピースを見た時点で「あれ?」と思ったそれは、紫のリボンを「いかがでしょう?」と出されたあたりで確信に変わり、ソフィは恥ずかしいのでやめてください、と言いたかったけれど。にこにこ楽しそうな微笑みには逆らえなかったのだ。

しかし、恥ずかしい。

ひょっこりと顔を出したアズウェロが「番の色だな」と、納得したように頷くので、ソフィは顔から火が出そうだった。やっぱりチェンジで!

リボンを黒に結びなおしてもらったところで、これはこれで髪の色では……? と思ったソフィだったが、また結びなおしてほしいとも言えず。先のやり取りがあったからなんでもそう思うだけだな、と結論付け朝食の席に着いた。

隣でそわそわにこにこするリヴィオの視線が痛い。

「白もとてもお似合いですね。お可愛らしいです」

「り、リヴィオも、今日も、とてもかっこいいです……」

「う、嬉しいです」

にこお、と溶けるように笑うリヴィオは、今日は藍色を基調にした服だ。昨夜の天使かな？　という装いから一転、服がラフなのに貴族かってくらいの品の良さと美しさが眩しい。

あと、胸元に着けている、色が濃い琥珀のブローチは、多分、そういうことだ。

メイドや侍女の張り切り具合に、ソフィは頭を抱えたくなった。

はっずかしい。今もなまぬるーい見守りの空気が、によによとした空気が、漂っている気がしてならないのである。思わずソフィは、空いているヴァイスとルネッタの席を、早く来て、と祈るように見てしまう。アズウェロがいればまだ、いやまた冷やかされるかも、とソフィは今頃厨房でクッキーに埋もれているだろう神様を思った。ぐう。

早く、と祈るソフィの願いを聞き届けたかのように、ほどなくして扉が開かれた。

「悪い、待たせたな。朝は苦手でな」

昨夜と同じく、白いシャツに黒いパンツのラフな服装で現れた王様は、髪をぱちん、と後ろで束ねた。いわゆるハーフアップ。器用である。

「わたくしたちも、今来たところですわ」

ソフィとリヴィオが席を立って頭を下げると、「座れよ」と手であしらわれた。

「ルネッタは？」

席に着いたヴァイスが振り返ると、メイドは「すぐにいらっしゃるかと」と頷く。

それに応えるように、今日も今日とて全身真っ黒のルネッタが現れた。

「私また最後ですか?」

「俺も今来たとこだよ」

そうですか、とルネッタは頷き「おはようございます」と頭を下げた。

「おう」

「おはようございます」

「おはようございますルネッタ」

三者三様に挨拶を交わすと、食事が運ばれてくる。

昨夜と同じく、パン、スープ、サラダ、ソテー……と次々と料理がテーブルに並び、サイズと量はそれぞれ違う。朝からよく食べられるなあとソフィは大皿組に感心するばかりである。

「今日はどこへ?」

ヴァイスがパンにバターを塗りながら問うと、リヴィオが顔を上げた。

「はい、昨日教えていただいた冒険者用の店が並ぶ通りに行ってみようかと。明日発つにしろ、二週間後に発つにしろ、準備は必要ですから」

昨日?

ソフィが見上げると、ヴァイスはにやりと笑った。

「取っておいたデッドリッパーの肉で一杯やったんだ」

「一杯?」

「いっぱい、の間違いでしたね」

「うるせえ」

ふむ。ソフィがルネッタと紅茶を酌み交わしたように、ヴァイスとリヴィオは酒を酌み交わしたらしい。というかあの後まだ食べたのか。

ヴァイスもリヴィオも、役者が自信を失いそうなスタイルなのに一体どこに入るのか。人体の不思議である。

リヴィオとヴァイスの食事量が、ソフィとルネッタの倍以上あるにもかかわらず、四人の食べるスピードは同じという不思議朝食時間は、和やかに過ぎた。まるで何年も前から親交のある旧友のように。

不思議だなあとソフィが食後の紅茶でほっこりしているところで、「そういえば」とヴァイスが髪をほどいた。癖がついて少し跳ねた髪は柔らかそうだ。

「昨日、坊ちゃんと話してたんだが、嬢ちゃんは騎士の待遇改善にも噛んでたらしいじゃねぇか。ご令嬢がそこに目を付けるのはおもしれぇなと思ったんだが、きっかけは何だったんだ」

どこかでこの話をしたような。

ソフィは首を傾げながら、ええと、と言葉を探した。そんな、王様に話すようなすごいエピソードとかではないんだけど。

「昔会った、一人の男の子がきっかけなんです」

「え」

「へえ」

へえ、と楽しそうな声はヴァイスで、え、と硬い声はリヴィオだ。

隣を見上げるとリヴィオは、なんか、こう、すごい不味いモン食った、みたいな顔をしている。めっちゃ嫌そう。

その顔を見て、あ、とソフィは思い至る。

見送ってくれた騎士に、「リヴィオニスには言わないでくださいね」と言われたのだ。「嫉妬深いので、ソフィーリアの初恋トークは地雷だ」と。よくわかってないくせに頷いちゃ駄目だな。大して記憶に残ってないもんだから、ついうっかり。ペロッと。言っちまったソフィである。

いやしかし。しかしだ。

あれは初恋ではない、とソフィは思っている。ソフィーリアの初恋はリヴィオニスだ。言えなかった助けてを拾い上げてくれて、綺麗なお顔をとろけさせて、ソフィーリアを連れ出してくれた美貌の騎士様だ。

そもそも、嫉妬するような話でもないし。第一、これだけ神様に愛されまくった至宝の存在が、ソフィなんぞのために嫉妬。んな馬鹿な。ないない。

まあ良かろとソフィは話を続けた。嫌そうなのは、なんだろ。くしゃみ出そうなんかな。ソフィはなんとなく紅茶に視線を戻した。

「疲れたわたくしに、元気をくれた男の子がいて、その子が騎士を目指していたんです」

「へえ」

温度のない、へえ、にびっくりしてソフィは顔を上げる。

リヴィオが空《くう》を見ながら、眉間に皺を入れていた。なのに口元は笑顔だ。え、こわ。

「どんな奴だったんだ？　そいつ」

ヴァイスは、おもしろそうな顔を隠すことなく問う。これ、完全にソフィはおもちゃにされとるな。いや、ソフィの話に何やら怖いお顔をしているリヴィオを、だろうか。

どうしたものかと、ソフィはちらりとまたリヴィオを見上げる。リヴィオは、「それで？」と微笑んだ。氷像みたいな笑みだった。綺麗で冷たい。だから怖いって。

ソフィは、ええと、と視線を外した。

「それが、顔はあまりよく覚えてないというか、見えなかったというか」

「夜だったのか？」

「あ、いえ。昼間です。お茶会が終わった後の、お城の庭園で、わたくしは疲れて座り込んでいたんですけど」

ぴく、とソフィの視界の端で、テーブルにのったリヴィオの指が跳ねた。

なにかしら、と思いつつソフィはあの日をなぞる。

視線を落とした先で揺れる紅茶のように、あの日のソフィーリアの心は揺れていた。虚しくて、苦しくて、泣きたかった、ひとりぼっちだったあの日の思い出。

「わたくしはあまり両親ともうまくいっていないのですが、その男の子はわたくしの代わりに、怒ってくれたんです。わたくしは悪くないんだって言ってくれて、すごく嬉しかったし、心強かったです」

思わずソフィが微笑むと、へえ、とヴァイスの声が、楽しそうに響いた。

なにかしら、と再びソフィは顔を上げる。ヴァイスは、に、と笑った。

「で、どんな見た目だったんだ？」

「え？　えっと、顔を真っ赤に腫らして血だらけだったので、あまり覚えてなくて……」

「怪我していたんですか？」

ルネッタの声に、ソフィはええ、と微笑んだ。

「騎士を目指しているようだったから、きっと訓練中の怪我だったんでしょうね。……わたくしと年が変わらない子が、こんなに頑張っているんだって思ったら、勇気が出たの」

自分の役割に意味があることを実感できたあの日が、ソフィーリアを生かした。心が折れそうな日も、投げ出してしまいたくなる日も、あの日の決意がソフィを奮い立たせた。

「この男の子が騎士であることを誇りに思ってくれるような、騎士の道を選んだことを後悔しないような、そんな国にしたいって、思ったの。わたくしに楽しい時間をくれたように、男の子に喜んでほしいなって。……どんなに嫌なことがあっても、あの庭園を思えば、背筋を伸ばして立っていられたのよ」

遠い日の、暖かな庭園を思い浮かべていたソフィは、ガタッ！　と不意に響いた大きな音に驚いて顔を上げた。

音は、隣。リヴィオからだ。

ぽかん、とソフィは、そのリヴィオの顔を見上げて瞬きした。

「……リヴィオさん、大丈夫ですか……？」

ルネッタの突然の問いかけは、けれども自然な問いかけだ。

だって、リヴィオの顔が、すごいことになっている。

まっっっかで、眉間に皺が寄って、目が潤んで、歯を食いしばっていて、乙女《おとめ》のような子どものような、泣き出す一歩手前の脆《もろ》さと可愛さが大爆発である。何があった。

いや、それにしてもすごい赤い。赤いぞ。水をぶっかけたら蒸発しそうな赤さだ。体温大丈夫だろうか。可愛いけど。すんごい可愛いけど。

「り、リヴィオ…？」

興奮よりも心配が上回ったソフィが恐る恐る声をかけると、リヴィオはびくりと肩を揺らし、はくはくと唇を動かした。

なんだなんだ。かわいそうなくらい、動揺しとる。

さっぱり事態が飲み込めないソフィを置いて、リヴィオはがばりと頭を下げた。今度はソフィの肩が跳ねる番だ。

「す、すみ、あのっ失礼します!!!」

「え」

常にないドタバタ感で、リヴィオは扉を目指し、素早く開けられた扉から駆け出すように退室した。いつもの天使のような立ち居振る舞いが見る影もない。

「なるほどなあ。なんか朝からすごいの見たな」

「純愛ですね」

「リヴィオさんどうしたんですか？」

「見てたらわかるだろ」

「わかりません」

「あー、後で教えてやるよ」

え、待ってわたくしにも教えて。

まったくもって話がわからないのは、どうやらソフィとルネッタだけらしい。

頷き合うヴァイスとアーヴェに視線を向けると、控えているメイドさん方もなんだか生温《なまぬる》い笑みを浮かべていらっしゃる。どうも、本気でソフィとルネッタだけが話が見えていないらしい。どういうことだ。

ぽかんとするソフィに、ヴァイスはくっくと肩を揺らした。

「そうだな。落ち着いたら迎えに来るだろうから、聞いてやれよ。覚悟して来るんじゃねぇの?」

「純愛ですねえ……」

だからなんの話?


不思議で和やかな朝食が一転。ソフィにとって困惑の時間となった食堂から部屋に戻ると、廊下に人影がある。背が高くて、赤い顔で、やたらキラキラしているのは誰かって? 言うまでもない。

「リヴィオ」

「あ、えっと、その」

かんわいいいいい。

ソフィは、うっとりとリヴィオを見上げた。窓から入る日差しを浴びる、どんな役者も歌手も裸《は》足《だし》で逃げる美青年の赤面顔。人類の宝である。「こほん」と咳払いする姿もとびきりキュート。

「先ほどは、失礼しました。ソフィ様がよろしければ、街へ向かいませんか?」

それはつまり、あの、あれか。でぇとってやつか。ソフィは、ぴんくのほっぺのリヴィオを前に、勢いよく頷いた。

「もちろん！」

そうして浮かれ脳みそ君がかき鳴らす鈴の音と共に、ソフィは賑やかな街を歩いた。街はお祭りでもやっとんのかってくらいに、活気に溢れている。らっしゃあい！　と大きな声で呼び込みをする店主や、店先で楽しそうにおしゃべりするマダム。人の力強い生命力を感じるような賑わいは、見ているだけでソフィをわくわくさせた。

「ここは？」

ふとソフィの目が留まったのは、ショウウィンドウの中を飛びまわる、ピンクの兎のおもちゃだ。見上げた看板には「魔道具」と書いている。

「入ってみますか？」

「はい！」

カラン、とベルの可愛らしい音を聞きながらリヴィオが開けた扉の先には、様々な魔法のアイテムが並んでいた。

訪れた場所はピカピカ光るというマップや魔法石を使ったアクセサリーなどの便利アイテムから、舐めている間は透明になる飴《あめ》、ステップを踏むとお家へ連れて帰ってくれる靴などの眉唾アイテムまで、ソフィの好奇心を刺激するものだらけだ。

おもしろいな。本当かしら。きっと嘘ね。

なんて思いを巡らせ振り返れば、リヴィオは楽しそうに笑った。

「これ、本当なんでしょうか」

「僕は魔法について詳しくないのでなんとも言えませんが……この店は店主の趣味で、ジョークグッズも多いそうですよ」

「ジョークグッズ……？」

リヴィオは、リヴィオにとって当たり前なんだろうことを聞いても笑わない。ソフィが首を傾げると、悪戯を企むように笑うのだ。

「そんなわけない、と思いながら試すことがおもしろいんですよ」

「……本当じゃなくて、いいんですか？」

「うーん、そりゃあ本当だったら良いんですけど、そうでなくてもおもしろいっていうか」

おもしろい。

おもしろいってなんだろう。「おもしろい」という言葉の意味がわからなくなりそうなソフィに、リヴィオは楽しそうに笑った。

「じゃあ一つ、買っていきませんか。ソフィ様が気になるものを一つ」

リヴィオの言う「おもしろい」は、まだソフィにはよくわからないけれど、わかったらきっとソフィもこんな風に楽しく笑える。

そう思ったソフィは、広い店内をぐるっと一周した。ううん、とソフィは店内をさ迷う。

高価なものは嫌だ。いくら本当じゃなくたって良いとはいえ、お金が無駄になるのは嫌だものな。それから、本当だったら良いなって、期待したくなるようなものも嫌だ。ソフィが今求めているのは、がっかりじゃなくて「おもしろい」なんだから。嘘でも「なあんだ」って思えるのが良いよね。

悩んだ結果ソフィが手に取ったのは、「叩くとクッキーが増える袋」だ。ちょうど良いくらいのどうでもよさと嘘くささと期待心が、ソフィは気に入った。

何か役に立つ物も欲しいな、と再び店内を一周したソフィは、空の魔法石を買うことにした。ルネッタみたいに、魔法石をつくれるようになってみたいな、と思ったのだ。

幅広い商品を取り揃えているとだけあって、魔法石の種類も豊富だ。どれもすでに加工されているようで、リヴィオが耳に着けているような小さな物から、ルネッタがよく使っている卵くらいの大きさの物、宝石のように綺麗にカットされた物まである。

ソフィは、旅立ちの夜に着けていた青い宝石のピアスを売却した軍資金を計算しながら、魔法石を一〇個購入した。自分の手で買い物をするのも、魔法道具を買うのも初めてなので、ソフィはそれだけでウッキウキだ。二度と見たくない青いピアスとおさらばできたのも、それを元手にできたことも嬉しい。あの日々が活きているって感じがするからね。

買い物を終えたうきうきソフィは、リヴィオを捜すことにした。

ふらふらと赴くままに店内を歩いていたソフィは、リヴィオを見失っていたのだ。置いていかれたってことはなかろう。ソフィは、きょきょろとしながら店内を歩く。

あんなに目立つのだからすぐに見つかっても良さそうなものだけれど、背の高い陳列棚はソフィの視界を遮ってしまう。入り口で待っていた方が良いだろうか、と思ったところで、近くにいた男性客が「わ」と声を上げた。

つられて視線を動かすと、階段を下りてくるリヴィオと目が合った。あ、うん。すごい目立ってる。

「ソフィ様」

まっぶしい。後光が見える。

う、と胸を押さえる男性の様子を見たソフィは「わかる」と思わず頷いてしまいそうだった。あんな溶けるような笑みを見て正気を保つことは難しかろう。今後、並大抵の美人じゃ素直に「美人だなあ」と思えないだろう男性にソフィは同情した。どんまい。

「二階があったんですか？」

「はい。魔法石の加工をしてくれるというので、行ってきました。欲しい物は見つかりましたか？」

「はい！」

ルネッタの魔法がかかった鞄を見せると、リヴィオは「あれ」と瞬きする。

「もう支払ってしまったんですか？」

ソフィが頷くと、リヴィオは眉を下げた。

「プレゼントしたのに」

「ええ」

とんでもない！ ソフィは両手を振った。

「いいの！ それに、自分で買い物できて楽しいわ」

それはソフィの嘘偽りない本音だったのだけれど、リヴィオはしゅんとして、デートなのに、と唇を尖らせた。

「っ！」

呻いたのはソフィではない。

視界の端にいるさっきの男性客と、たまたま居合わせた女性客だ。わかる。わかるぞ。二人のおかげで冷静になれたソフィは、頷きたいのを堪え、丁寧に微笑んだ。

「じゃあ、他のお店も付き合ってくださる？」

するとリヴィオは、大きな目をもっと大きくして、それからとろりと微笑んだ。

「よろこんで」

どさどさ、と物が落ちるような音は多分気のせいだし、ソフィとリヴィオが店を出た後に「人が倒れてるぞー！」と聞こえたのも多分、気のせいだ。

気のせい。

多分。

魔法道具の店を出たリヴィオとソフィは、旅の準備の店だけではなくて、お菓子屋さんや小物屋さんなど、色んな店に立ち寄った。どこを見ても何を見ても、ソフィの見たことがない物ばかりで、ソフィはずっとウキウキわくわくしっぱなしだった。こんなに楽しくて良いのかしら！　なんて、ちょっと不安になるくらい。

しかも隣に並ぶのは、ソフィとおんなじくらい楽しそうに、にこにこ微笑んでくれている超絶美男子だ。世界中にお詫《わ》びと感謝を申し上げなければ、明日の朝日は拝めないんじゃなかろうか。いや、まあ疲労でぐっすりスヤスヤなソフィはここ最近、朝日なんぞちっとも見られてないんだが、そこはほら、言葉のあやってえやつだ。

元気いっぱいのソフィは、浮かれ脳みそ君も混乱による誤作動を起こしそうなくらい、笑って、驚いて、食べた。おなかいっぱい。

朝食をしっかり食べてきたはずなのに、見たことがない食べ物は、するするとソフィの胃袋へ落ちていった。食べ歩きをするなんて考えたこともないソフィにとって、たっぷりのタレが香ばしい肉の串焼きも、クリームがぎっしり詰まったパイも、夢のような食べ物だった。甘い物はあんまり好きじゃなかったはずなのにな。なめらかなクリームもあっという間に消えてなくなった。

一生分の食事をしたなってくらいに、おなかも心も満ち満ちたソフィは、目を細める。高台から眺める景色は、リヴィオに負けず劣らず美しかった。

遠くで、キラキラと沈みゆく太陽の光を反射する水面は、ずっと見ていたいくらいに心が震える。巨大な湖のようにも見えるし、雨上がりの水たまりのようにも見えて、巨大なオレンジにも見える。そのどれでもないことは、船旅を予定しているソフィ自身がよくわかっていて、だからこそ、街並みの向こうに見える海にソフィの心は躍った。ぴょんぴょんと足を持ち上げて飛び跳ねるダンスは、さぞおかしかろう。誰も見たことがない、へんてこで、でも一緒に踊りたくなるような、きっと楽しいダンス。

ふふ、とソフィは笑って、そうだと鞄に手を入れた。

見たことがない物は楽しい。うなじを撫でる風が気持ち良い。

正体不明の魔法道具でリヴィオと笑うなら、こんな日がぴったりだ。ソフィはうんと頷いた。物があるはずなのに何もない気がする。そんな不思議な感触の中で、手をにぎにぎ。すると、「お呼びですかい」って具合に、ひょいと小さな革袋が手に収まる。ソフィはそれを、ぐいっと引っ張って、リヴィオに見せた。

「リヴィオ、これ今日買った魔法道具なんですが、試してみてもいいですか?」

叩くとクッキーが増えるってあれだ。

リヴィオが「もちろん」と笑ったので、ソフィはまた鞄にごそごそと手を突っ込む。アズウェロにお土産《みやげ》を、と立ち寄ったお菓子屋さんで、実験用のクッキーもちゃんと買ったのだ。ふふん、抜かりはないぞ。ソフィはこう見えてできる子だ。

「中にクッキーを入れるんですね」

鞄をごそごそやるソフィの手から革袋を預かったリヴィオは、その中に入っていた紙に目を落とした。説明書ってやつだな。リヴィオは頷くと袋の口を広げた。

「はい、どうぞ」

クッキーを入れやすいように、と広げてくれたそこに、ソフィは一枚、紅茶のクッキーを入れる。試食をした瞬間に購入を決めた、ナッツが入ったクッキーは、リヴィオもお気に入りのようだった。このクッキーが増えたら楽しいぞ。わくわくだ。

「クッキーを入れたら、袋を縛ります」

説明書を読み上げるリヴィオの声に従って、ソフィはきゅっと袋の紐《ひも》を引っ張る。袋の中が見えなくなると、リヴィオが次を読んだ。

「で、袋を強めに叩く」

「それだけ？」

「それだけみたいです」

うーん。これは結果が見えているのでは。

ソフィは思ったし、多分リヴィオも思った。でもお互いに口には出さず、まあ良いかと袋に視線を戻した。

ソフィは、パンパン！　と袋を叩く。

するとと、やっぱりというかなんというか。ぐしゃ、ってクッキーが潰れる感触がした。あっはは。いやあ、もう嫌な予感しかしないよね。だって潰れたもんな。

まあしかし。大きな効果を得ることが目的なわけではないし、ソフィにはこの袋が本物かジョークグッズとやらなのかを見極める義務がある。ソフィは義務にはちょっとうるさいからな。そこは厳しいんだ。えへん。

なのでソフィは、躊躇いなく袋を開け、左手の上で袋を振った。

すると、まあ！　なんてこと！

ころん、ころん、ころん、とクッキーが何枚も零れ落ちてくるではないか！

大きさがバラバラの小さなやつだけどな！

小指の爪くらいしかないクッキーもある。かわいい。小さいってかわいいな。新発見。

「…………リヴィオ」

「ちいさっ」

リヴィオは思わず、といったように笑った。あら可愛い笑顔！

ソフィの手から抜き取った革袋をまじまじと見て子供みたいに笑うリヴィオに、ソフィもつられて笑いながらクッキーをつまんだ。ソフィの親指くらいのサイズはある、比較的大きなサイズのものだ。つまみやすい。

つまみにくいクッキーにまず出会ったことがないけども。

「これ、砕いたクッキーの形を整えただけですよね？　いえ、形だけ見れば元のクッキーと同じなんですごいといえばすごいんですけど……これ増えてます？」

「数だけで言えば？」

まさかの屁理屈袋。くだらない。くだらないぞ。ジョークっていうか嫌がらせグッズだ。詐欺では。

よくもまあ、こんなしょうもないことを考えたものである。この魔法を活かした、もっと別のアイテムはなかったんだろうか。いや、ソフィも「嘘だろうな」と思いつつも買っているわけだけから、これはこれが正解の形なんだろうか。

それにしたって、一体どんな人が、どんな顔をしてつくったんだろう。誰も止めなかったのかね。考えれば考えるほど意味がわからなくて、ソフィは笑ってしまった。

「くだらねーのに、技術はそこそこあるから笑っちゃいますね」

ははは、と声を上げて笑うリヴィオと一緒に、ソフィも笑って袋を受け取った。こんなよくわからない袋をつくるだなんて、ソフィは思いもつかない。ついでに言えば、この後の使い道も思いつかない。すごいな。いっそ感心するソフィである。世の中には色んな人がいるもんだ。

「世界は本当に広いですねえ」

クッキー一枚で世界を感じられるなんて、お得な袋だ。そういうことにしておこう。うん。おもしろかったし良いや。くだらないって楽しい。ソフィの大事な初体験だ。

ソフィはお行儀悪くも、つまんだクッキーをぽいと口に放り込む。紅茶のほのかな香りがまた笑いを誘った。ふは、とソフィが堪えきれずに笑いを漏らすと、リヴィオも笑った。

「ソフィ様」

やわらかい笑顔で、リヴィオがソフィの名前を呼ぶ。はい、と口が緩むのを抑えられないままソフィが返事をすると、リヴィオは目を細めた。

「今朝の、話なんですけど」

「今朝？」

ああ、とソフィは頷く。どうやら、朝食の席でリヴィオが突然立ち上がった、あの謎について話してくれるらしい。

なにかしら。悪い話ではなさそうだけど。

ソフィが袋を鞄に戻して顔を上げると、リヴィオの顔が徐々に赤く染まっていく。かわいいなあ、とソフィが緩みそうになる口に力を入れていると、リヴィオが口を開いた。

「僕なんです」

「え？」

ふわ、と風がリヴィオの前髪を揺らす。

「その、庭で、鼻血出してた馬鹿は、ぼ、僕なんです」

リヴィオの言葉を、ソフィはぱちぱちと瞬きしながら咀嚼《そしゃく》する。

疲れ果てたひとりぼっちのソフィを見つけてくれた、小さな騎士が、リヴィオ。ソフィーリアの小さな騎士と、ソフィの大好きなソフィーリアが大好きな騎士は、おなじひと。

それは、なんて、なんて素晴らしいのだろう！

「そうなんですか!?」

言われてみれば、騎士を父に持ち、騎士の練習に参加できるような身分の人間は限られる。考えればわかりそうなものだが、いかんせん、少年とリヴィオニスのヴィジュアルが違いすぎた。何をどうしたらこの国宝級のお顔がああなるのだと、当時彼をぶん殴ったという父親がちょっぴり恐ろしいが、ソフィは嬉しかった。

　ようやくお礼を言えることが、自分の人生にずっとリヴィオがいてくれたことが、ソフィは嬉しかった。

「あの時は、本当に有難うございました」

　だからソフィは、心からの感謝を込めて微笑んだ。

「うっ」

　するとリヴィオは小さく呻き、ぎゅ、と胸を押さえた。

　はてと首を傾げるソフィの前で、リヴィオは、ふう、と息を吐いた。風がリヴィオの髪を揺らして煌めく。

「僕がソフィ様を特別に想ったのは、あの時なんです」

「え」

「僕はあれからずっと、貴女をあの庭から連れ出したくて仕方がなかった」

　あれから？　ずっと？

　その言葉が脳を通って意味を理解し感情に名付ける前に、ソフィの涙腺はゴーサインを出した。

　後から後から、ぼろぼろと涙が零れ落ちて止まらない。

「貴女の築いた日々を尊敬しています。……あの日貴女に出会えたことを、貴女のいる国に生まれたことを、幸運だと思っています」

　ソフィの涙を拭う、剣を扱う手は硬くて、優しい。

　役割をこなすことが自分の存在意義だったソフィの日々を包む、大きな手だ。

「……あの日、貴女に何もしてあげられないと、僕は自分の力のなさを恥じた」

でも、とリヴィオは目を細めた。

「僕が騎士になることを決めたあの日を、貴女も大切に思っていてくれて、嬉しいです」

そう言ってリヴィオは、ソフィの大好きなブルーベリーを滲ませた。歓喜と優しさに満ちたその色に、ソフィの胸が苦しくなる。

だって、それは、ソフィーリアの願いは届いていたってことだ。

ソフィは、何も成せずに逃げ出した役立たずでもなけりゃ、役割を果たせず逃げ出した臆病者でもない。ソフィーリアは無価値な石っころじゃない。

ソフィーリアの人生には、たしかに意味があったのだ。

幸運なのは、ソフィの方だ。

役割を呪いではなく、意味のあるものだと信じられたのは、そこに生きる人を知ることができたから。

今こうしてみっともなく泣き崩れることができるのは、受け止めてくれる腕の温かさを信じることができるから。

ぜんぶ。ぜんぶ、ぜんぶ、リヴィオのおかげじゃないか。

リヴィオニスがソフィーリアを見つけてくれたから。だからソフィは、ソフィーリアの人生を、頑張ったよねって褒めてあげられるんだ。

ずっと見ていたいくらい可愛い、平穏と幸福が形を成したような笑顔に、ソフィは目を細めた。

眩しい。

リヴィオの、夕日のオレンジを浴びた瞳は海のように輝き、柔らかそうな黒髪は不思議な色合いで艶めいている。道行く人々が振り返り言葉を失うほどに美しいのに、くだらないことでソフィと一緒に笑ってくれるひと。

ソフィはもう、この笑顔を手離せない。

ソフィ以上にソフィを大事にしてくれるリヴィオを、ソフィもずっとずっと大事にしたい。

リヴィオにずっと笑っていてもらうためにはどうすれば良いのかしら。

リヴィオは、ぱちん、と瞬きをした。

長い睫毛が、オレンジを弾く。

「簡単ですよ。ソフィ様が笑ってくれれば良いんです」

「……わたくし、声に出てました？」

「はい、がっつり」

がっつりかー。

ソフィは顔を伏せた。恥ずかしい。

「す、すみません」

思わず謝ると、リヴィオは「なぜ？」とやさしい声で、ソフィの両頬に触れた。

「僕、とても嬉しいですよ。僕も、ソフィ様の笑顔が好きです」

きゅ、とソフィの心臓が音を立てた。

好き。

好きって、今、言った。リヴィオが。

ソフィは、リヴィオからの好意を疑っちゃいない。

全てを、本当に全てを捨ててソフィと逃げ出してくれたリヴィオは、特別な言葉を、笑顔を、時間を、たくさんたくさんソフィにくれたのだ。

ソフィが生きてきた時間に比べりゃあ、ほんの僅かなひとときだけれど、今までの全部がどうでも良くなるくらいに大きな時間。自分の元には決して訪れることはないと思っていた、ソフィーリアの人生から最も遠い場所に流れていた時間。

それは、ソフィーリアをやさしく抱きしめ、ソフィを特別な普通の女の子にした。

そんなものはもう、恋でしかなかった。

リヴィオのくれる言葉が、笑顔が、時間が、ソフィに恋を告げていた。

だからそんなこと、知っていたはずなのに。

「ソフィが、好きです」

どうして、こんなにも嬉しくて苦しくて、涙が出るんだろうなあ。

見ていたいんだ。

この、世界で誰よりもソフィを想ってくれる、何よりも美しい瞳を、今、今この瞬間の光華を、ソフィは見ていたいのに。我慢は得意なはずなのに。

まったくソフィの涙腺ときたら。ソフィの言うことをちっとも聞いちゃくれないのだ。

「ひどいわ」

――こつん、とリヴィオの額が、ソフィの額に触れた。

「なにが？」

「リヴィオよ」

ぼく？　とリヴィオは笑った。

睫毛が揺れる音が聞こえる気がする。

「貴方はいつも、わたくしを泣かせるんだもの」

とんだ言いがかりだな。クッキーを増やしてくださる有難い袋の屁理屈も敵わんだろう。なんて言い草だと、ソフィは唇を噛んだ。

「ソフィは、泣いても可愛いですよ」

そういうこっちゃない。そんなこと言われたって、ソフィはちっとも、嬉しくなんて、ない、わけがなくて。ああ嫌だ嫌だ。堪えようと目を閉じても開けても、涙が落ちていく。リヴィオといると、そのうちソフィは身体中の水分を失うかもしれない。なんて甘やかな恐怖かしらん。

「ね、顔を上げて」

身体の真ん中が痺《しび》れて震えるような声に、ソフィはのろのろと顔を上げた。

ソフィの何もかもを包んで溶かしちまいそうな優しい瞳が、ソフィを、ソフィだけを映している。

ソフィは、ソフィのことが一番信じられない。

自分がずっと嫌いだった。

どうして、みんなと同じようにできないいんだろうって、ソフィは自分がずっと嫌いだった。

どうして。みんなが当たり前に手にしているものが、ソフィーリアの手にはないのだろう。笑っても、笑わなくても、何をしても、しなくても、ソフィーリアの手はからっぽで、ソフィーリアの隣には誰もいなかった。

どうして、誰かに愛される自分になれないんだろう。

誰にも好かれない自分を好きだなんて言えない。

自分が嫌いな自分を好いてほしいなんてもっと言えない。

本当の本当は、ずっと、ソフィーリアが逃げたかったのは、そんな自分からだった。

ぜーんぶ、なかったことにならないかなあって。自分なんて最初からいなかったことにならないかなあ、なあんて。ね。

思った朝が、昼が、夜が、あったんだ。あったんだよ。

見ないふりをしないと、気づかないふりをしないと、もうどこにも行けない、そんなさあ、粉々に割って形を整えてぽいと口に放り込まれるような、リヴィオが憧れる価値なんてないソフィーリアがいたんだ。

笑ってくれよ。

それでも、ソフィは、今、自分が自分であって良かったと、思うんだから。

ははあ、人って単純だね。なんともまあ、馬鹿らしくって素敵で笑っちゃう。

「リヴィオ」

誰かに何かを、望むのは怖い。

そんなソフィの恐れを、はい、って微笑んでくれるその笑顔が丁寧に取り払う。

「もういちど、いって」

唇に触れるやさしい体温が、音を紡ぐ瞬間に、ソフィはまた恋をする。

「ソフィがすきです」

ほら、震えるその宝玉に、ソフィは何度だって恋をする。

恐れるな、言え。

ソフィが両手を握って、震える唇を開けば、リヴィオの眼が滲んだ。

待っている。

リヴィオは、ソフィの言葉を、待っている。誰にも言うことなどないだろうと思っていたその言葉を。

頭の中じゃなくっていい。ソフィは、それを、声に出して良いのだ。

「わたくしも、リヴィオが、すきよ」

「っ」

リヴィオは、堪えきれないように目を閉じた。

強く、強く、ぎゅうと目を閉じて、長い睫毛が揺れる。ああ、好きだ。この美しく、強く、愛らしいひとが、ソフィは好きで仕方がない。ソフィは、頬を包む両手に手を添えた。

それは星空が降るようだった。

そっと瞼《まぶた》が開かれるこの瞬間を誰にも見せたくない、そんな欲深な己すら愛おしくて、ソフィの胸は張り裂けそうだ。

「だいすき」

「僕のほうが、好きですよ」

すん、と小さく鼻を鳴らして唇を尖らせる赤いお顔の可愛さったら！　もう！　もう！　と暴れ狂う浮かれ脳みそ君の激情に思わずソフィは目を閉じた。供給過多である。

ちゅ、と狙ったかのように囁《ささや》くリップ音の卑怯《ひきょう》なこと！　反射で目を開けると、へへ、と眉を下げたリヴィオの照れ笑いを直視して、ソフィの脳みそ君は危うく二度目の死を迎えるところだった。

リヴィオは、ソフィの左手を持ち上げ、薬指を、する、と撫でた。

「リヴィオ？」

ぐずぐずの鼻声で名を呼ぶと、リヴィオは目を伏せる。

次いで、硬い金属の感触。

目を見開くソフィの前で、ソフィの薬指がきらきらと光った。そして、ソフィの指にぴったりと収まる、指輪。

「リヴィオ……これ……」

「さっきの魔道具の店でつくってもらいました。僕の魔力を入れています」

紫色《ししょく》の魔法石が光る指輪は、誇らしげにソフィを見ている。リヴィオの瞳のように、光の加減で青くも光る、柔らかい紫色。

「ピッタリサイズに変身して終わりじゃないですよ。ソフィが魔力を込めれば僕に居場所を知らせたり、初級くらいなら魔法を弾いたりもできます」

何それすごい。

「魔法、苦手だって……」

「苦手ですよ、剣に比べたら。火力調整できなくて、何度も演習場をむちゃくちゃにして叱られたから、諦めたんです」

それ苦手っていうんだっけ。そもそも、剣と魔法石を同化させられるんだから、魔法が苦手って

のは妙な話だったんだけれども。でも、じゃあ。

「これつくるの、大変だったんじゃないんですか?」

ふふ、とソフィが笑いながら石を撫でると、リヴィオは「内緒です」とむくれた声を出した。なにそれすっごく可愛い。まったく、まったく、もう。こんなすごいプレゼントを隠しておいて、よくもまあ「プレゼントしたかった」とか、言えたもんだ。

「ずるいひと」

うる、と滲んでいく紫の石がにくらしくって、いとおしくって、もう、駄目だ。今まで駄目じゃない時なんて、これっぽっちもなかったけれど、本気の本気で駄目だ。絶対駄目。

こっちを見ろ、とばかりにソフィの手を握る、その大きな手。見上げれば、甘く美しいかんばせ。

咲きほこる恋を閉じ込めた薬指に、そっと落ちる唇。

「僕がずっと貴女を守ります」

って。

「やっと言えた」

って。

ほろりとしずくを零すこのひとを、返せって言われたって、もう駄目返せない。

リヴィオからのプレゼントも世界からソフィへのプレゼントも、ソフィだけの宝物なんだから。

一一．春が来ちゃったので旅立ちの鐘が鳴りました

楽しいお出かけの翌日。

朝食の後、ソフィとリヴィオはヴァイスによって執務室へ連行された。

そして二人が、三本の航路の中から、二週間後に出発する隣国への航路を選んだことを、意外だ、と笑いながらヴァイスは地図を手渡した。

「もらっていいんですか」

「写しは他にもあるからな」

リヴィオとソフィが顔を見合わせると、なんだよ、とヴァイスは瞬く。

「わたくしたち、いただいてばかりなんですもの。出発までの間も城で過ごして良いと仰るし……」

「気にすんな。結局うちの問題に巻き込んじまったし、ルネッタにとって良い出会いになった。感謝してるんだ」

「巻き込むだなんて。わたくしは自分で選んだのですし、ルネッタとお友達になれたことは、わたくしにとっても特別なことです」

ヴァイスは、そうか、と笑い、眼鏡を外して立ち上がった。

「まあ座れよ」

ソフィとリヴィオが、テーブルを挟んで並ぶ三人掛けくらいのソファに座ると、ヴァイスも正面に腰を下ろした。

「坊ちゃんには、出発までうちの軍の訓練に参加してもらう話になっててな。彼のウォーリアン家のご子息にしごいてもらえんだから、十分すぎる利がある」

「再起不能にしちゃったらすみません」

「やってみろよ」

に、とシニカルに笑うヴァイスに、リヴィオは肩を揺らした。なんだかんだ仲良しなんだこの二人。

「で？　なんであの航路にしたんだ。一気に東の国まで行っても良かっただろう」

「東の国に行くことってよりも、のんびり旅をすることが目的ですからね。ソフィに無理はさせたくないし」

「慌ただしく旅立つよりも、せっかくなので他の国も見てみたいねって話をしたんです。それに……」

ソフィが言葉を切ったところで、タイミングよくノックが響いた。

ヴァイスが入室を促すと、メイドがしずしずと茶器を並べる。真っ白の陶器に、濃いブルーのラインが美しい茶器だ。

「それに？」

ヴァイスの声に、広がる紅茶の香りを楽しみながら、ソフィは顔を上げた。

「少しだけ、ヴァイスの話の仕方に違和感があったんです。一本目の航路は、間《ま》がない、商船だ、と悪条件が多いのに対して、二本目の航路は一日で到着、二週間の猶予がある、と良い条件しかなかったように思います。ただの事実だと言われればそれまでですから、ほとんど勘ですけれど」

二本目には、本当にマイナスポイントはないんだろうか。ヴァイスの性格なら、情報量はもっと均等にするんじゃないか。

無論、わざわざ悪い点を隠して事を運ぼうだなんて汚い真似をする人だとは、ソフィもリヴィオも思っちゃいないが、でも、ちょとだけ思ったのだ。魚の小骨が喉に刺さるみたいに、あれ？　って。

「もしかして、ヴァイスはわたくしたちに、隣国に行ってほしい理由があるのかなって」

言うには少し憚られる。

でも、選んでくれたら嬉しいな～あわよくば頼み事したいな～なんて。ちょっとした事情がおありなのでは？　とソフィとリヴィオは思ったわけだ。

ヴァイスは、目を少しだけ見開いて、それから、にい、と笑った。うっわあ悪そうな顔。

「良いなあお前ら。マジで残れよ」

「やですよ」

リヴィオのはっきりした物言いに、くっくと笑ったヴァイスは、悪いな、と髪をかきあげた。

「騙すつもりはない」

「ええ。そこは疑っていません」

ヴァイスが、顔は怖いが思慮深い人間であることをソフィとリヴィオは知っている。

だから、なんか頼みたいけど気を遣ってんのかな。ていうか遠慮とか知ってんだなあの人。くらいの認識で、ソフィとリヴィオは迷うことなく航路を決めた。ぴったり意見は一致。のんびり旅が、誰かの役に立てるなら良いことだよねって。

ヴァイスは、眉を寄せて「そうか」と笑った。

「船は、お前らの予想通り客船じゃないし、うちが所有している船でもない。ただ、俺が信頼しているデカい商会の船だ。それなりに快適に、そして安全に旅ができることは保証する」

特に驚きはない。予想通りの回答だったので、はい、と二人は頷いた。

これが普通の王であれば、騙したな！　とその言葉を疑ったかもしれないし、さてどんな無理難題だと警戒したかもしれない。

けれど相手は、ヴァイスだ。

簒奪王と大層な通り名で呼ばれとるくせに、小さな婚約者を大切にして、ピーチクパーチクうるさいソフィたちに「堅苦しいのは嫌いだ」と笑いかける王様だ。

「それで、おつかいは何でしょう？」

リヴィオがおどけて言えば、ヴァイスは笑った。

「なに、たいしたことじゃねぇよ。あの国の少年王のご機嫌を窺ってほしいんだ。……真面目な話、昔から知ってる奴なんだが、婚約したっつーから祝いを送ったのに返信がねぇんだ。マメなあいつにしては珍しいんで、少し気がかりでな」

ほらな、とソフィとリヴィオは笑ってしまった。

相手が気に病まないように、再度手紙を送るんじゃなくって、あくまでついでって体で様子を見に行かせるなんて。気遣いの鬼なのだ。

「僕たちにできることがあれば、お手伝いしてきますね」

「そこまで頼んでねぇよ。嬢ちゃんはルネッタと手紙を送る魔法つくるんだろ？　事情がわかったら手紙送ってくれりゃ良いから、観光したらさっさと次の街へ行け」

いいな？　と眉を寄せてぎろりと睨まれたって、ソフィはちいっとも怖くない。リヴィオなんか、腹抱えて笑ってら。

「なんですか良い人みたいに！」

「良い人だろう俺は」

「ええ、悔しいですけどね」

ふふ、とリヴィオは目尻をなぞった。泣くほど笑わなくってもなあ。けっこう笑い上戸なんだなリヴィオくん。

反対に、ヴァイスはそれはそれは嫌そうに、しかめっ面をしている。

「だから、貸しをつくらせてくださいよ。いつか、この国に帰ってきたくなるように」

「……好きにしろ」

けっ、とソファに仰《の》け反る男らしい喉に、ソフィは笑った。


それからの日々は、とても穏やかなものだった。

ルネッタと侍女さんと一緒に買い物に行ってみたり、ルネッタの研究室に二人で籠もりすぎて引きずり出されたり、訓練をするリヴィオがカッコ良すぎてお空の橋を渡りかけたり、ヴァイスの仕事をちょっと手伝ってみたり。

悲しいことも辛いことも苦しいこともない。

ただひたすらに楽しくて優しい日々。

こういう世界はおとぎ話じゃなかったんだなあ、なあんてそんなことはもう知っているけれど。

ふかふかのベッドの香りを「おひさまのにおい」っていうんだって教えてくれたルネッタは、「やることがないと不安なの」と零したソフィに「わかります」と頷いた。

「私もあそこでは毎日、たくさんの魔法石をつくって、毎日研究をしていました。ここじゃ、それをやると怒られるんです」

「わたくしも、本と魔法石を部屋に持ち込んではいけないって、リヴィオに没収されてしまったわ……」

「夜が一番捗《はかど》りますよね」

「ね」

そう。二人は一度熱中すると周りが見えなくなる上に、夜型だった。睡眠時間？　キリの良いところまでで！　ってな感じで、本やら研究やらにのめり込んだ。ずっぷりずっぷり。

いやあ、これが楽しいのだ。

睡眠時間が足りなかろうが運動が足りなかろうが、ソフィはキャッキャと声を上げて笑いだしたいくらい楽しかった。

だがまあ優しい人々は、助長し合うオタクコンビを良しとはしなかったので、それはもう健康的な生活を送る日々へと、すぐさま方向転換をさせられた。強制的に。

気づいたら、ちょっと、いや、ちょこっと、うん、まあわりと？　太っていたソフィである。

嫌な予感がして、城を出る日にリヴィオの母にもらったワンピースを着てみれば、ウエスト周りが余っていたはずなのに、なんてこと！　ピッタリなのだ！　ソフィにいちまんのダメージ！　ぐはっ。

ソフィは、こっそりメイドさんにおやつを減らしたい旨をお伝えしたが、にっこり黙殺された。

挙句、「無礼を申し上げても？」と綺麗に微笑まれたので頷くと、「ソフィ様。巷《ちまた》ではそれは喧嘩を売っていると申します」とやっぱり綺麗に微笑まれた。すんごい怖かったので、ソフィは二度とこのお城のメイドさんに逆らわないことを決めたのだった。


「ソフィ」

リヴィオは、ようやっとソフィの名を呼び慣れてくれた。

ソフィは、「ソフィ」と最後の音でリヴィオの口角が優しく上がるのが、たまらなく好きだと思った。リヴィオが名を呼ぶたびに、顔がほころぶのを止められない。

渡り廊下で呼び止められ、ソフィはリヴィオに駆け寄った。

「お出かけですか？」

「いいえ。リヴィオを探していたの」

ソフィも、人と何気ない会話をすることに随分と慣れてきた。

何せ、ソフィが一緒に時間を過ごしているヴァイスもリヴィオも、まあお口が悪い。緊張しているのがあほらしくなるってもんよ。お互い平気で「うるせえ」とか言っちゃうんだからな。リヴィオさん、そちら王様ですよ。ヴァイスは気にしていないし、ソフィには相変わらず丁寧なので、まあいっかって感じなんだけども。

リヴィオはソフィを見下ろして、こてんと首を傾げた。

「僕にご用ですか？」

「ええ。今、時間はあるかしら」

「ソフィのためならいくらでも」

「もう」

そういうことを聞いてんじゃない。訓練の邪魔をしたくないから聞いているのにな。

茶化さないでほしい、とソフィが頰を膨らませれば、リヴィオはへにゃりと笑った。

「かわいい」

「もう！」

だーから可愛いのはそっちだっての！　な！　もう！　浮かれ脳みそ君が鈴を叩きつける。

ぷんすこしたソフィは、綺麗にラッピングした箱をリヴィオに押しつけた。

「なんです？」

「プレゼント」

「え」

リヴィオは、零れ落ちるんじゃないかなってくらい、目を見開いた。

はーい世にも綺麗であっまいブルーベリーの収穫です！　って落ちてきても良いように、両手を差し出した方がいいかしらん。

「あ、もしかして先日の……？」

「……そう。完成、したので」

ソフィは、も、ちょお頑張った。

それは、「リヴィオに何かプレゼントをしたい」とソフィが、ルネッタと侍女さんとのお出かけの際に、勇気を振り絞って相談をした時の話だ。

侍女さんは「指輪のお礼ですのね」と白い頬を染め、ルネッタは首を傾げた。

「魔導書とか」

「それをお喜びになるのはルナティエッタ様だけですわ」

冷静にツッコミを入れる侍女さんは、ソフィを色んな店に連れていってくれた。

ただ、悲しいことにソフィはまだリヴィオの趣味がよくわからんので。全っ然決まらんかった。

全っ然だ。

「ソフィ様のプレゼントなら、なんでも喜んでくださると思いますが」

「そうですね……」

「でも、そういうことじゃありませんものね」

そう。そうなんだ。ソフィはこくこくと頷いた。

ソフィがどうこう関係なく、純粋にリヴィオが喜ぶものを、ソフィは贈りたいわけだ。だから悩む、っていうか正解がわからん。

しかもあの神様の最高傑作な美青年は、なんでも似合っちまうから、似合いそう、で選ぼうとすると答えが無限に増えるのだ。全っ然、プレゼント案を絞れない。

困ったと頭を抱えたソフィに、ルネッタは「リヴィオさんみたいに、魔法石をつくってはどうですか」とソフィの指輪を指した。

「指輪は、剣の邪魔になるってへーかは嫌うので、リヴィオさんもそうかもしれませんが……あのピアスに、別の魔法石をくっつけて加工するとか。ソフィの魔力を込めて、装飾に何か術式を刻むのも楽しそうです」

「素敵！　婚約者って感じがしますわね！」

そう言って、やわらかそうなミルクティー色の髪がとっても可愛らしい侍女さんが当人よりも張り切った。

じゃあ当人はって、想像しただけで顔が熱くなった。

それを見た侍女さんはにっこり。さあ行きましょう！　と魔法道具の店にソフィとルネッタを押し込め、あれやこれやとアイテムを揃えて帰ったわけだ。

で。その日。

リヴィオは、ピアスを借りたい、と言ったソフィに何も問うことなく「どうぞ」とあっさり渡してくれた。

「け、警戒とか……」

「なぜ？」

まぶしい。笑顔が、眩しい。

なぜってあんた。ソフィが言うなら、と何でも聞いちゃいそうだぞこの男。危ない人に騙されるんじゃないのか。保護だ。保護しろ。この笑顔を守らねば。

ソフィは決して道を誤ってはならない、と決意した。ソフィが悪に落ちる時はきっとリヴィオも道連れだ。悪の道ってなんだってまあそれは置いといて。

「あの、この魔法石をいじっても大丈夫でしょうか？」

「ええ。ご存じの通り、騎士団で支給されたものをうっかり持ってきちゃっただけなので」

うっかり。

うっかり、ねぇ。うんうん。まあ、そういうこともあるだろ。

慌ただしく城を逃げ出してきたわけだしね。ソフィも、きっとうっかりだろうなーと思っていたから大丈夫。疑っていないさ。本当だよ。

「そういうこともありますよね」

知らんけど。

そんなわけで、中に収納された剣はお返しし、黒い魔法石のピアスを預かったソフィはそこから練習に練習を重ねた。そしてようやく、ついさっき、黒い石の下に、細い雫形《しずくがた》の魔法石をぶら下げるに至ったのだ。

魔法石の色はソフィの目と同じ、少し薄い茶色だ。

リヴィオやルネッタみたいに綺麗な色じゃない、とソフィはちょっぴり落ち込んだが、ルネッタは「蜂蜜の紅茶色です」と喜び、練習用の石を引き取ってくれた。

例の手紙を送る魔法に使えそう、とのこと。

リヴィオは、そうして紆余曲折《うよきょくせつ》を経て完成したピアスを、日に透かした。

キラキラと黄色の柔らかい光がリヴィオに降り注ぎ、うっとりするほどに美しい。まるで教会のステンドグラスだ。デザイナーを連れてこい褒美を取らせろ。

「……ソフィの、瞳の色ですね。甘くてお可愛らしい、僕のキャラメル」

「！！！！」

誰か！　誰かこの人の口を塞いで！

もしくは至急医者を！　ああでも、正気に戻っちゃあこの蜜月も終わりだろうか。もうソフィに見向きもしない？　じゃあ正気じゃないリヴィオに耐えなくっちゃあな。

　ぐ、とソフィは唇を噛んだ。

「そ、装飾の金細工にも術式を刻んでいます。魔力の流れをスムーズにして、増幅させるようなものです」

「魔力ですか？」

「リヴィオは魔力を使って戦うんでしょう？」

「ああ、そっか」

　さすが無意識。もう忘れていたんだな。こういうところが、ソフィはちょっと心配になっちゃうんだ。ソフィなんかに心配されてもって感じだろうけど。

「……わたくしも、リヴィオを守れたらって、思ったのよ」

「ソフィ……」

　ほんのちょっと。もう微々たる微々たるもんだろうけど、ほーんのちょっとでも力になれたらなって。少しでも長く、笑顔で一緒にいたいなって、ソフィは願いを込めた。

　ソフィが微笑むと、リヴィオは箱をポケットにしまい、自分の左側の髪を耳にかけた。そして、グローブを外す。

　どき、とソフィの心臓が跳ねた。

　白い指先が、ピアスを持ち上げる。リヴィオの長い睫毛が伏せられて、綺麗な爪先が、ピアスを耳に通し、留め具をつける。

　どきどき、とソフィの心臓が高鳴った。

え？　なんで？？？　たっかがピアスを着けとるだけだ。なのに、なんだこの色気。見てはいけないものを見ているような、居たたまれなくて恥ずかしくて、視線を引き剝がせない誘惑。

ソフィの心臓は、どこどこ太鼓を叩いた。

「似合いますか？」

「ひっ」

もはや悲鳴だった。

しゃら、って揺れる、長いピアス。は？　似合う？　馬鹿を言わんでほしいな。リヴィオは自分をなんだと思っとるんだろうね？　やっぱり医者を呼ぶべきなんじゃ？　浮かれ脳みそ君が卒倒しそうなくらい似合いまくっとるわ！

「ソフィ？」

「うっ」

首を！　傾げないで！　いただきたい!!

黒い髪と一緒にピアスが揺れると、こう、どうにも、色気がだな。しかもその色香を反射する石は、ソフィがつくったソフィの目の色だ。

直視できないっていうか。目がつぶれる。いっそ後悔しそう。

「……似合いませんか？」

このひと、わたくしの心臓を止める気なんだわ。

ソフィは胸を押さえた。

しゅん、って眉を下げるのをやめろ。ぐうう、かわいい。きれい。浮かれ脳みそ君は、ついに鈴を落とした。かしゃん、と響き渡る余韻。試合放棄につき完全敗北。現場からは以上です。

「大好きです……」

「え！」

生きてて良かったなあ。

ソフィは空を仰いだ。


「馬に乗れない？」

さて時ところ変わって、穏やかな昼下がり。只今《ただいま》ソフィは、ヴァイスの執務室にて、資料として使いたいのだという、他国の書物の翻訳をお手伝いしているところだ。

嘘だろ、と言いたげなヴァイスの目から、ソフィはそっと視線を逸らした。言いたいことはわかります。ソフィもないなって自分で思っています。でもどうにもできないんです。

「た、高いのが、怖くて……」

「高所からスピーチすることもあっただろ」

「あれはプレッシャーとか緊張とかで、色んな感覚が麻痺《まひ》していますし……」

「わからんでもないが……」

実は高台でも、柵に近寄れなかったソフィはしゅんと肩を落とした。

「主、なら私が運んでやろう」

「え」

ゆったりした声は、猫の姿でかしかしとクッキーを齧っていたアズウェロだ。厨房に入り浸っていたアズウェロは、最近は我が物顔で城を歩き回っているんだが、今日はソフィの隣で機嫌良さそうに尻尾を揺らしている。

「私なら、主が怖くない大きさになれるからな」

ぽん！　と光ったアズウェロは、次の瞬間大きな猫の姿になった。

ソフィがもふっと両腕を首にまわしても足りないくらいの大きさで、四つん這いになれば高さはソフィの胸くらいまでだ。たしかにこれならば、地に足が付いてねぇんだわ！　というソフィの目覚めし高所恐怖症殿も、静かにしていてくれるだろう。

「で、でも神様に乗るって、どうなんですか……？」

「主ならば良いぞ」

「聖獣ってのもいるしな。良いんじゃねぇか」

良いのか？　良くないような。いや良くないだろ。神様だぞ。ソフィはすでにストーキングする神様を知っているし、この神様はとっても可愛らしいが、それはそれだろう。え、だって神様だぞ。

ソフィは「ええ」と眉を寄せたが、肝心のアズウェロは眠そうに「くあ」と欠伸をし、ぽん！　再び小さな猫に戻った。

「寝る」

ソフィがアズウェロの背に乗る。

「ええ」

ソフィは違和感と「本当に良いの？？？」という疑問でいっぱいだが、決定事項なんだろうな。

興味がなくなったとばかりに、アズウェロはソファに乗り上げると身体を丸めた。

そうしていると神聖さなど皆無だ。ただただ、可愛い猫ちゃんである。とはいえ、本当に良いのだろうか。まあ、なあ？　本人、本神？　が良いってんだしなあ。良いんだろう。

半ば無理やり己を納得させたソフィは、机の上に視線を戻す。

文章を目で追い、ペンを走らせると「しかし」と、おもしろそうにヴァイスが呟いた。

「高所恐怖症ねぇ」

「お、お恥ずかしながら……」

ソフィがぐうと呻くと、ヴァイスは「ああ、いや」と首を振った。

「人間らしくていいんじゃねぇか？」

「人間らしい」

「あんた、いつも弱点ないですって顔してたからな」

「え」

んーな馬鹿な阿呆な話があるか。ソフィは心底驚いた。

ソフィーリアの至らぬところなんて、いくらでも挙げられる。人より劣るところばかりだ。ただ必死で、ただ目の前の仕事をこなしていたに過ぎないのに。

「ソフィーリア様は、いつも完璧でいらっしゃいましたからねえ」

「！」

突然響いた声に、ソフィの肩が大げさに跳ねた。あ、インクが……インクが！　うまい具合に跳ねたインクのせいで、「ということでおまん」になった。おまん、ってなんだ。どういうことだよ。

しょぼん、とソフィが書類を見詰めると、「おい」とヴァイスが硬い声で言った。

「ジェイコス。繊細なお嬢さんを驚かせんな。見ろ、落ち込んだぞ」

「ええ！　僕のせい？」

突然現れた人の突然の声に驚いたわけだから、まあジェイコス宰相のせいっちゃあせいなんだけども。インクが跳ねるほど驚いちまったのはソフィの自己責任だわな。ソフィは首を振った。

「いいえ。ちょうど、間違えてしまったのでやり直そうと思っていたところですから」

「嘘だぞ嘘」

「ヴァイス」

いやいや。「すみません」と年嵩《としかさ》の男性が肩を落とす姿なんてソフィは見たくない。ちくちくと心が痛むじゃないか。

意地悪な王様をソフィはじろりと睨んだ。

はいはい、と肩をすくめたヴァイスは、「それで？」と椅子に座ったまま、ジェイコスを見上げた。

「なんか用か」

「うん。リヴィオ様も一緒にお話ししたいんですけど、お時間もらえますか？」

ぱっと顔を上げたジェイコスは、それまで肩を落としていたのが嘘のように、にこりと笑って言った。

「見ろ、このジジィは真面目に相手するだけ損するぞ」

随分な言いようであるが、ひどいなあ陛下、と笑う顔にしおらしさなんぞ見当たらない。なるほど、ソフィはうまいこと揶揄われたわけだな。まさしく損した気分のソフィである。

ま、それはともかくとして。

そういうわけで、この国での最後の夕食は、ジェイコスも同席することとなった。

「実は、隣国の情報を入手しましてね」

「隣国」

ルネッタが、白身魚のソテーを切る手を止めてソフィを見た。

「そう。海の向こう側、ではなくソフィ様がいらっしゃった方のお隣さんです。単刀直入に申しますと、ソフィーリア様とリヴィオニス殿は現在行方不明。捜索は打ち切りになったそうです」

「へえ」

「え」

「ふーん」

ヴァイス、ソフィ、リヴィオ、とそれぞれ反応を示したところで、ルネッタが首を傾げた。

「二人は死んじゃったって思ってるんでしょうか?」

「まさか。ウォーリアン家の人間が簡単に死んでくれるんなら、あの国を欲しがる連中はもっといただろうよ」

「まあ、僕も稚拙な工作だって自覚はありましたしね」

突発的な逃亡劇だった。

それでも、手際よく準備をしてくれたリヴィオや応援してくれた人たちのおかげで、ソフィはこうして元気に日々を過ごしている。

だがしかし。魔法で他国に飛ぶというイレギュラーによって、ソフィとリヴィオは予定より大幅に早く国を出ることができたが、王は、国の仕組みや事情を細部まで知っているソフィを、そう易々と逃がさぬだろうから。本来であれば今頃、追手から逃げることに必死だったかもしれない。こんな呑気に、魚のソテーを食べている場合じゃなかったはず。

「じゃあ生きていると思っているのに、捜すのを止めたんですか？　へーか、あっちの王様はソフィを逃がさないだろうって言ってませんでしたか」

ルネッタが首を傾げると、ヴァイスはフン、と鼻を鳴らした。

「ジェイコス。悪趣味な真似はよせ」

「人聞きが悪いなあ」

ジェイコスは、はっはと笑って白ワインのグラスを揺らした。

「追手の心配はなさそうだからご安心を、と申し上げたかっただけですよ」

「あれが王位継承権を剝奪されたんだろう。それを先に言えよ」

「！」

ガシャン、とソフィは思わずカトラリーを皿に落とした。

なんですって？

あっさりと告げられた言葉に驚くソフィを置いて、ジェイコスは「さすが陛下」と笑った。

「仰る通りです。ソフィーリア様を逃がして、出来の悪い王子を諦める。その方が、益が高いと判断するものがあったんだと思いますよ」

待ってほしい。ソフィは思わず額に手を当てた。

ソフィーリアがいないことと、王太子がどう関係があるんだろうか。おかしいな。ソフィはあの国の政治に関わるような位置にいたはずなのに。まったく話についていけない。

そんなソフィを置いて、ヴァイスは笑った。

「オスニールだろ」

「父ですか？」

リヴィオが問うと、ヴァイスは怖いねぇ、とシニカルに笑った。

「ああ見えて、親馬鹿だろうあの男は。お前と嬢ちゃんを黙って見逃せって、圧力かけたんだろうな。俺が王でも、ウォーリアン家を敵にまわすなんて馬鹿な真似はしないね。だったら、あの王子を諦めて、第二王子を祭り上げた方が早いだろうよ」

「ま、待ってください。ウォーリアン家が重要な位置付けであることも、わたくしとリヴィオがご迷惑をおかけしたこともわかるのですが、殿下の王位継承権とどう関係があるのでしょうか」

「はあ？」

うっわ、怖い顔。

眉がぎゅんと寄って、口をへの字にしたヴァイスの怖い顔に、ソフィは思わず身を引いた。

「ヴァイス様、ソフィを怖がらせないでください」

「俺にどうこう言う前に、お前、嬢ちゃんのこれどうにかしろよ。正気か」

「いーんです。僕は死ぬまでソフィ最高って言い続けますから」

「あ？　なら良いか」

良くない。良くないぞ何の話だ。ぼ！　と顔を赤くしたソフィに、ジェイコスははっはと笑った。

陽気な笑い声と、目尻を下げた優しい目元が温かい。

「あなた方が陛下を気楽にお呼びになる、そういう非公式の場だから言うけどね、あの王子は正《ただ》しく王になるつもりなど、なかったでしょう。遊んでいれば王になれると、勘違いしておられた。愚鈍な暗君を戴《いただ》くなど、僕なら御免だねえ。不運なのは、彼が王太子になった後に、優秀な第二王子がお生まれになったことですよ」

あったかいのに、内容が辛辣だ。今さらっと悪口混ぜたぞ。よその国の王子になんてことを。

まあ、ソフィはジェイコス曰く「愚鈍な暗君」になろうとしていた王子を、ちっとも好いてはおらんかったし、逃げた身なのでどうでも良いのだけれど。お好きにどうぞ。さながらお皿にのったソテーである。あ、料理長に失礼か。あんなもん、ソフィは煮ても焼いても食いたくはないしな。

「あの王子が王太子として立っていられたのは、貴女がいたからですよ」

「え」

お皿の上でふてぶてしく顎を上げる王子を思い浮かべていたソフィは、驚いて顔を上げた。

「公式の場でいつも、王子に何か耳打ちしていたでしょ？　あれ、どこの誰だとか、スピーチの内容だとか、教えてあげていたんじゃないですか？」

その通りだった。

いつまでたっても、国内の貴族はおろか他国の有力者の顔も名前も覚えない王子に、ソフィは答えを教える係だった。

婚約者という立場的に、ソフィはどんな場所で隣にいても違和感がないので適任だったのだ。いつでもピッタリお側にいるソフィを見て、賢い貴族は「仲がよろしいですね」と笑い、地味で平凡なソフィを嫌うレディたちは「はしたない」と嗤った。

だったら代わってください、とソフィは心から思った。

例えば、端的で短いと評判だった王子のスピーチだって、事前に用意されたものをソフィが覚えて、とりあえずここだけ言っておきゃいいだろってのを二言三言、直前に耳打ちしていたんだぞ。どうしても長いスピーチが必要な時は、二人で寄り添って立っている、と見せかけて隣で原稿を耳打ちした。あたかも旧来の友に会ったかのように、まるで自分で考えたかのように、堂々と話す姿は立派な王子で、ソフィはその演技力と対応力だけは信頼していた。

「……なんのことでしょう?」

ベラベラと国の事情を話すのも、とソフィは微笑むに留めたが、ヴァイスは鼻で笑った。

「考える頭と目がついてりゃわかる。気づいてる奴は多かっただろうから、誤魔化さなくていいぜ」

それはそれで、ちょっとへこむソフィである。

バレていないつもりだったのに、とんだ道化ではないか。

「そんな馬鹿なのに、王太子だったんですか?」

ルネッタがストレートに言うと、リヴィオがにこりと笑った。

「ソフィが優秀だったので。あの子が王妃になるなら大丈夫だろう、ってみんな思ってたんですよ。クソですよね。だったらいっそソフィを女王にすりゃあ良いんだよ馬鹿かクソったれ」

笑顔と言葉が合っていない。口汚く罵るそのお顔は、光り輝く天使様の微笑みなのだ。

ソフィはリヴィオのこういうところが、ちょっぴし怖いけど好きだ。その落差が良い。しょっぱいのに甘いお菓子みたいで、クセになる。というかリヴィオだったら何でも良いソフィは、リヴィオが笑っているだけで幸せだ。

きゅん、と鳴いた胸を押さえ、ソフィは笑った。

「とんでもないわ。わたくしがいなくなったって、国はまわる。わたくしの代わりなんていくらでもいます。殿下の婚約者としての役割をこなしていたにすぎないんだから」

「それはそうなんだがな」

こんこん、とヴァイスは長い指でテーブルを叩いた。

肘を突いた左手で前髪をかきあげ、「覚えとけ」と大人の顔で言う。

「嬢ちゃんの言う通り、どれほど偉大な人物だろうと、死んだからって世界は終わらない。俺が今日死のうとも、誰かが国をまわす。組織にとって、代わりの利かない人間はいない。だから、しんどけりゃいくらだって逃げていいし、違う居場所を探して良いんだ」

けどな、とヴァイスは、眼光鋭く目つきも悪いくせに、優しさを灯す濃紺の瞳で、ソフィを見詰めた。

忘れるな。持っていけ。

そう、言うように。

「誰かにとって代わりの利かない人間は、数えきれないくらいにいる」

明日からは、ソフィはリヴィオと二人、見知らぬ世界へ旅に出る。

次に、ヴァイスにこんな風に言葉をかけてもらえるのは、ずっとずっと先だろう。

ソフィが初めて出会った、ソフィを案じて、ソフィを思ってくれる大人は、王のような、友人のような顔で、ソフィに説いた。

「王子が王になるためには、ソフィーリア嬢は代わりの利かない人間で、リヴィオニス・ウォーリアンにとって代わりの利かない唯一だった。それを否定するのは、ソフィーリア嬢があまりに憐《あわ》れで、あんたをこの国に留めたいと思う俺に失礼だ。もっと自信もってドヤっとけ」

最後はニヤリと。

いつものようにシニカルに笑ったヴァイスは、ふいと親指でリヴィオを指した。

「じゃねーと、この坊ちゃんそのうち泣くんじゃねぇの」

「ヴァイス様、最後に決着つけません？」

翌朝は、たくさんの人が城前に集まってくれた。

ソフィのお世話をしてくれていた、ルネッタの侍女さんやメイドさん。お城の司書さん。ソフィが仕事をお手伝いした文官や宰相のジェイコス。研究室に出入りしていた魔導士たち。アズウェロが入り浸っていた厨房の料理人やメイドさん。リヴィオが訓練をしていた軍人さん。

それから、ルネッタとヴァイス。

「ソフィ。お手紙、待ってます」

ルネッタは、長方形の金属のケースを胸にきゅっと抱いた。

封筒より一回りくらい大きなケースには、保護魔法をかけた転移の魔法陣を刻んでいる。それから、ソフィのケースにはルネッタの赤い魔法石、ルネッタのケースにはソフィの茶色の魔法石を、それぞれ嵌め込んだ。細かい装飾や、メインの魔法石の他にもちりばめた小さな魔法石がキラキラと光る、美しくて可愛い手紙ケースは、ソフィとルネッタ渾身《こんしん》の作品である。

「ええ。わたくしも待っているわね」

ソフィの初めての友人である偉大な魔女は、黒曜石をふるふるとさせながら、こくんと頷いた。

「昨日も言ったが、追手の心配はなさそうだ。憂いは全てこの国に置いて、楽しんでこい。ソフィ、リヴィオ」

「はい！」

に、と唇を片方に吊り上げたシニカルな笑みに、ソフィは力いっぱい頷いた。

「ヴァイスもお酒はほどほどに。僕たちが戻ってくる前に死んじゃわないでくださいね」

「言ってろクソガキ」

追い払うように、しっし、と手を振るヴァイスに、ソフィとリヴィオは笑った。

「そんじゃ、ま」

「おう」

「また」

「はい」

ソフィとリヴィオは、互いの顔を見合わせた。

キラキラと輝く、ソフィの大好きな甘くて優しいブルーベリーが、楽しそうに細められる。

ソフィはその瞳に微笑み返し、見送ってくれる人々に視線を戻した。

誰も彼も、温かい笑顔だ。

降り注ぐ陽光のように、穏やかな春のように、ソフィの心を温める、小さなソフィーリアがずうっと憧れていたおとぎ話のような光景。

そう、それは、リヴィオが手を引いてくれたから。

ソフィーリアが、ソフィが、今日この日まで生きてきたから。

だから見ることができた、手にすることができた、光の粒。

頑張ってよかったなあ、って胸の奥で泣くソフィーリアをそっと撫でて、ソフィは笑った。

大きく口を開けて、大きく手を振って。

それは淑女らしさってやつから、程遠い振る舞いだ。で？　だから何だ。おしとやかな淑女？　はーんそれは素敵。綺麗なドレスにピンヒールでリボンとレースを纏って不味いモン飲み込んで。誰も踏みこませない完全武装の笑顔で、自分も他人も騙して騙して、心を砕いて、そんでひとりぼっち。それがソフィの知る淑女だ。呪いだ。

知ったこっちゃない、そんなつまらんモン。捨てっちまえ捨てっちまえ。

ソフィはもう、どっかの名家のお嬢様じゃない。

家紋も肩書もない背中は軽くて、魔法がかかった小さな靴には、たっくさんのワクワクアイテム。

胸には次の冒険を待つドキドキ。

薬指には、最愛の光を飾って。

右手は世界で一番あったかい手の中。

ここに生きている。

ここから生きていく。

わたくしは、もうひとりじゃない。

「行ってきます！」

婚約者の浮気現場を見ちゃったので始まりの鐘が鳴りました②／完

◆書き下ろしストーリー◆

極彩色の唱劇

肌がちくっとする。

そんな感覚に、ソフィはゆっくり瞬いた。

針でちくっと刺されたような、ほんの小さな違和感。だけど気のせいだと流すには不安になる。そんな違和感に、ソフィは覚えがあった。

いつ？　どこで？　記憶を辿るソフィの脳裏にぽんと浮かんだのは、騎士の制服だった。そう、これは王太子やその婚約者であるソフィーリアを護る、騎士が側にいる時に度々感じていた違和感だ。

ふと顔を上げたソフィーリアと目が合った騎士はいつも「なんでもありません」と微笑むけれど、でも、騎士の人数が減っている。それは「なんでもない」にするために不審な人物の対処に動いている騎士がいるからだ、とソフィーリアが気づいたのは婚約してわりとすぐだった。

不審者の殆どは王族を前にテンションが上がりすぎた野次馬だったけれど、肝が冷える報告を受けたことは一度や二度ではない。そういう経験を重ねたソフィーリアは、これは近くにいる騎士が発している緊張感なのだ、と結論づけた。

だから、つまり——。

「……やっぱり」

視線を動かせば、案の定、険しい顔の男が二人立っている。いや、あいつらが不審者だ！　というわけではないぞ。ソフィにそんな探知能力はない。彼らは、護衛だ。

街に買い物に行くと言ったルネッタに、一緒に行きたいと言ったのはソフィで、デートに行くなら護衛をつけろよと笑ったのはヴァイスで、お邪魔をしないように見えない所におります、と言ったのは護衛を任された男だった。その言葉通り、大きな身体と優しい笑顔が素敵な二人がソフィの視界に入ることは一度たりとなかった。ソフィがすっかり存在を忘れていたくらい、徹底的に。

なのに、今、ちょっと探せばすぐにわかる、近い場所にいる。

ソフィは、隣のルネッタを見た。

ルネッタは店先に並ぶ羽ペンに完全に心を奪われているので、ソフィの視線になんざ気づきやしない。魔力がどーとか分配がどーとか、難しいことをブツブツと呟いている。うーん無表情なのに楽しそうなのがわかる横顔が可愛い。よし、平和である。

ヴァイスがそうであるように、ソフィもルネッタを危ないことに近づけたくないと思う。楽しくて綺麗なものだけを見ていてほしい。あと、好奇心旺盛で才能豊かな魔女さんが、街中でもんのすごい魔法をバカンバカン撃つ事態は避けたいなあという思いもある。「人混みでも対象者だけを爆発させる魔法を思いつきました」とか言いかねないんだもの。それは、ちょっと、ねえ？

まあ護衛が動かないという事は、まだ警戒レベルは低いのだろうとソフィが顔を上げた。で。なんとなく。

本当になんとなく、ソフィは通りの向こうを見た。

なんで？　いや、わからん。わからんが、ソフィは視線を動かして、それで、リヴィオを見つけた。

人混みにまぎれてすぐに見えなくなってしまったけれど、ソフィがリヴィオを見間違えることなんてありはしない。っていうかあの美貌を見間違えられるわけがない。リヴィオが鍛冶屋に行きたいと剣を撫でて呟くのをソフィは聞いていたので、リヴィオが街にいることに疑問はないが、それにしたって。賑やかな街で当たり前みたいにリヴィオを見つけてしまう自分に、ソフィはちょっと照れてた。恋ってほんと、頭が馬鹿になるなあ。

「ソフィ、見てください」

呼びかけられたソフィは、はっとしてルネッタに視線を戻した。

「この羽、魔力が高いモンスターの羽なんです。しかもペン先が細いので、小さな魔法陣も書きやすそうです」

「小さな魔法陣をどこに書くの？」

「鍋の裏とか」

「鍋」

「焦げ付かない鍋が欲しいって厨房の人が言ってたので」

「鍋にインクが付くの？」

「魔法用のインクをつくるんです。それで、魔力を流しながら書いて……」

気づけばソフィは、羽ペンを片手に始まったルネッタの魔法トークに夢中で頷いていた。だって、ルネッタの話はソフィの知らない事ばかりで、ワクワクする心を止められないんだもの。輝くふたっつの黒曜石とおんなじくらいにキラキラした話を前に、抗えるもんか。頬が緩みまくった間抜けな顔を晒しているだろうことはソフィとて自覚しちゃいるが、楽しいんだ。仕方がない。

「この時に詠唱を」

「お嬢さん」

緊張感も照れもすっかり忘れちまっているソフィを止めたのは、知らない声だった。

「盛り上がってるとこ悪いが、その羽ペンを買ってくれるってことでいいのかな」

握り締められた羽ペンの安否が気になったのか、はたまたノンストップトークに辟易したのか、店主が困ったように笑っている。はたと我に返ったルネッタは「買います」と鞄に手を入れた。

同じく我に返ったソフィは、再び振り返る。

ルネッタとのおしゃべりに夢中になっている間に、確かにあった違和感も、いたはずの護衛の姿もなくなっていた。「なんでもありません」の状態になったのだとほっとするソフィに、浮かれ脳みそ君は「ねえもしかして」鈴を片手に囁いた。

その瞬間。

ばち、と音がするくらいに絡み合う視線。見開かれる、甘くて美しいブルーベリー色の瞳。

──もしかして、リヴィオが護ってくれたのかしら。

ソフィーリアが知らない所で、ずうっとソフィーリアを護ってくれていたみたいに。いつだってソフィの側に駆けつけてくれるように。

心が跳ね上がるようなくすぐったい気持ちで、ソフィは唇の前に人差し指を立てた。

秘密にしましょう?

ルネッタに楽しい気持ちのまま城に帰ってほしい。そんな願いもきっと、リヴィオならきっと叶えてくれる。

ね? とソフィが笑うと、ほら、リヴィオは顔を赤くして頷いた。

ああ、なんて可愛いお顔! 遠くまでバッチリ見える自分の目の良さに、ソフィは心から感謝した。だって、可愛い。すんごくすんごく可愛い。可愛いもの選手権を今すぐ開催しよう。ぶっちぎりでリヴィオの大優勝だ。いやしかし、あの可愛さを独り占めしたいなあなんて。

ソフィを欲深な生き物にしてくれた、ソフィの大切なひと。なんてなんて幸せなんだろう！

『ありがとう』

リヴィオなら聞こえるかな、とソフィはその感情を言葉にした。

浮かれて旅に出て鼓動は高々と鳴りっぱなし。そんな世界をくれたリヴィオに、ソフィは何度でも恋をする。これからも、ずっと！

MAG Garden NOVELS

婚約者の浮気現場を見ちゃったので始まりの鐘が鳴りました②

発行日　2023年12月23日 初版発行

著者 えひと　イラスト コユコム

発行人　保坂嘉弘
発行所　株式会社マッグガーデン
〒102-8019 東京都千代田区五番町6-2
ホーマットホライゾンビル5F
編集 TEL：03-3515-3872　FAX：03-3262-5557
営業 TEL：03-3515-3871　FAX：03-3262-3436
印刷所　株式会社広済堂ネクスト
担当編集　須田房子（シュガーフォックス）
装　幀　木村慎二郎（BRiDGE）＋矢部政人

本書は、「小説家になろう」（https://syosetu.com/）作品に、加筆と修正を入れて書籍化したものです。

ISBN978-4-8000-1400-9 C0093　Printed in Japan

著者へのファンレター・感想等は〒102-8019（株）マッグガーデン気付
「えひと先生」係、「コユコム先生」係までお送りください。
本作品はフィクションです。実在の人物・団体・事件等には一切関係ありません。